KB058841

성추행당할 뻔한
S급 미소녀를 구해주고 보니
옆자리
소꿉친구였다 6

켄노지 Illustration 플라이

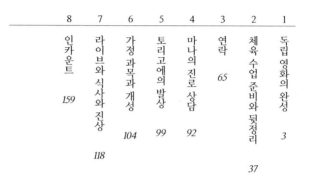

이름 : 후시미 히나

나이 : 17세

학년 : 고등학교 2학년

키 : 160cm

"......후시미 양,

설마 아래쪽도

안 입고 있는 건......."

이름 : 타카모리 료

나이 : 17세

학년 : 고등학교 2학년

키 : 175cm

분위기를 잘 파악하지 못하는 자칭 수수한

캐릭터인 남자 고등학생.

"으아아아아아아! 진짜, 오빠야 바보!"

"싫은가요? 저하고

"어쩔 수 없으니까,
어깨는 계속 붙이고 있어 드릴게요

이름 : **타카모리 마나**

나이 : 15세

학년 : 중학교 3학년

키 : 165cm

타카모리 가문의 집안일 전반을 맡고
있으며 가루처럼 보이지만 오빠를 오
빠를 좋아하는 여동생.

이름 : **히메**

나이 : 16세

학년 : 고등학

키 : 155cm

히나, 료와 소꿉친

이름 : **토리고에 시즈카**

나이 : 17세

학년 : 고등학교 2학년

키 : 150cm

히나와는 친한 친구, 료와는 점심시간
동료인 동급생.

성추행당할 뻔한
S급 미소녀를 구해주고 보니
옆자리 소꿉친구였다 6

켄노지

커버 · 삽화 · 본문 일러스트

플라이

① 독립 영화의 완성

화면 안에 있는 후시미가 우수에 잠긴 듯한 표정을 보이고 있다. 10초 정도 되돌려서 그 장면까지 이어지는 영상을 확인했다.

내가 개인적으로 찍은 영화를 콩쿠르에 응모한다. 하지만 마감까지는 몇 시간밖에 남지 않았다.

그런 여름방학 마지막 날.

"좀 전 그게 더 나은가……?"

나는 화면을 향해 중얼거리며 수정하기 전 영상을 한 번 더 재생시켰다.

……아, 이제 너무 많이 봐서 뭐가 정답인지 전혀 모르겠다.

내가 응모하려 하는 콩쿠르는 데이터만으로도 응모할 수 있다. 그 덕분에 날짜가 바뀌기 몇 시간 전까지 이렇게 계속 발버둥 칠 수 있는 것이다.

독립 영화 촬영은 여름방학 숙제를 다 끝낸 뒤에———.

후시미가 그렇게 악마 같은 할당량을 떠넘겼고, 겨우 숙제를 마친 게 사흘 전.

숙제를 여름방학 안에 끝낸 게 몇 년 만일까. 내 기억으로는 초등학교 5학년이 마지막이니 쾌거라고 해도 무방할 것 같다.

이게 다 후시미가 잔소리……, 아니, 옆에서 도와준 덕분이기도 하다.

그러지 않았다면 이렇게 작업을 급하게 하지도 않았겠지만.

"다시 한번 처음부터."

분량이 18분 정도인 작품이기에 처음부터 다시 보는 건 그렇게 큰 수고가 아니었다.

그 대신, 정답을 알 수가 없어졌지만.

"오빠야~? 목욕해~."

소리를 내며 내 방에 들어온 사람은 여동생인 마나.

젖은 머리카락을 수건으로 닦고 있다.

"몇 번이나 말한 것 같은데, 방에 들어올 때는 노크를 하라고."

"어차피 딱히 대단한 걸 하고 있진 않잖아."

에휴, 나는 그 말을 듣고 한숨을 쉬었다.

하고 있으면 어쩔 건데.

마나는 중학교에서도 내일 시업식을 하는 모양이니 마음을 단단히 먹고 금발을 다시 염색했다고 한다. 게다가 탱크톱과 죽을 만큼 짧은 숏팬츠를 입고 있다.

"또 학교 영화?"

"이건 내가 그냥 찍은 영화야."

마나가 눈을 동그랗게 떴다.

"그런 것도 했구나?"

그러고 보니 제대로 말을 하지 않았었네.

"영화 회사에서 콩쿠르가 있거든. 오늘 23시 59분이 마감이고, 거기 응모하려는 거야."

호오~, 그렇게 감탄하며 목소리를 낸 마나가 화면을 들여다보았다.

"히나잖아."

"맞아. 주인공."

시간도 별로 없고, 조연 역할을 부탁할 사람도 없었기에 나와 토리고에가 조연을 맡아 가끔 등장했다.

마나에게 보여줄 생각은 딱히 없기에 영상은 그냥 중간부터 재생되고 있다.

"히나가 사복 차림이 아니라 다행이네."

"전부 교복만 입고 나오는 장면이니까."

"현명하다고 할 수밖에 없겠군요."

"그렇지?"

내가 그렇게 말하자 마나가 이히히, 웃었다.

내 소꿉친구인 후시미는 학교에서 압도적인 인기를 자랑하는데도 왠지 모르겠지만 사복 센스가 0이기에 독립 영화에는 지장이 없는 한 교복으로 출연해달라고 했다.

"처음부터 보고 싶어."

화면 오른쪽 아래에 있는 시계를 보니 22시가 지났을 무렵이었다. 시간은 아직 조금 있으니 기분도 전환할 겸 목욕이라도 하고 올까.

"재미없을지도 몰라."

그렇게 말하면서도 다른 사람의 감상을 듣고 싶었기에 처음부터 마나에게 보여주기로 했다.

"괜찮아, 괜찮아, 그렇게 미리 변명할 필요는 없어."

마나는 손을 살랑살랑 저었고, 나와 자리를 맞바꾸었다.

반응이 신경 쓰이긴 하지만 지금은 기분 전환이 우선이다.

갈아입을 옷과 휴대폰만 들고 1층으로 내려가자 토리고에로부터 메시지가 와 있었다.

『제때 될 것 같아?』

나는 그 메시지에 재빠르게 '아마도'라고만 답장을 보냈다.

학교 축제용 영화에서는 토리고에가 각본을 담당하고 있다. 그런 이유 때문에 나는 이번에 토리고에와 내용에 대해 의논을 꽤 많이 했다.

더운 와중에 촬영도 함께 해줬고, 갑작스러운 조연 출연도 거절하지 않았고, 토리고에에게 도움을 받은 부분이 많다.

『역시 히이나가 정답이었어. 주인공을 연기하는 거.』

나는 처음에 토리고에에게 주역을 부탁했었다. 찍으려 하는 영상의 이미지가 후시미보다는 토리고에 쪽에 더 맞았기 때문이다.

몇 번 부탁한 결과 거절당해버렸지만, 후시미가 연기한 걸 보니 그것도 나름대로 다른 장점이 있었다.

후시미가 알맞게 연기해준 게 크게 작용했겠지.

역시 후시미는 연기를 잘한단 말이지. 렌즈 너머로 나는 새삼스럽게 느꼈다.

각본을 미리 건네두었으니까 준비 기간이 있긴 했겠지만, 예상을 뛰어넘은 퀄리티였기에 나와 토리고에가 무심코 서로 눈을 마주 볼 정도였다.

연기력은 유전되는 걸까.

후시미의 어머니가 여배우라는 걸 나는 저번에 처음으로 알았다.

그래서 후시미가 그 세계를 꿈꾸고 있는 걸까.

나는 기억이 나지 않지만 어머니 이야기를 들어보니 엄마들끼리 친구였던 모양이고, 어렸을 때 만나기도 했던 모양이다.

욕탕에 채워진 물에 몸을 담그지는 않고 샤워만으로 끝낸 나는 방으로 돌아왔다.

마나는 턱을 괸 채 아직 화면을 바라보고 있다가 영상이 끝나자 이쪽을 돌아보았다.

"어땠어?"

"모르겠어."

모르겠어, 라니.

할리우드 영화처럼 대중적인 내용이 아니니까 그런 감상이 맞는 건지도 모르겠다.

"그래도 말이지. 분위기 같은 건 느껴져."

"그래서?"

"으음."

내가 다시 감상을 요구하자, 마나가 그렇게 소리를 내고 한쪽 눈썹을 치켜올리며 잠깐 생각에 잠겼다.

"음, 말로 잘 표현하진 못하겠지만, 대사는 별로 없는데 영화 안에서 히나가 지금 무슨 생각을 하고 있고, 어떻게 생각하고 있는지는 느껴졌다, 라고 해야 하나……?"

그건, 그거구나.

"고마워."

솔직히 말해 기쁘다.

나는 아직 젖어 있는 마나의 머리를 쓰다듬었다.

"끄아악~?! 뭐 하는 거야, 오빠야!"

다리를 버둥거리던 마나가 깍깍거리며 웃었다.

"학교 축제 쪽과는 히나가 전혀 달랐으니까. 오? 하는 느낌이 든단 말이지."

그쪽은 정통파이고, 있는 그대로의 느낌이니까.

"영상 안으로 빨려 들어갈 것 같은 느낌이 들어. 대단하구나, 히나."

제작자의 보람이 느껴지는 코멘트였다.

마나에게 보여준 데이터로 응모해야겠다. 지금 내가 할 수 있는 건 다 했고, 밑져야 본전이다.

떨어지더라도 그게 당연한 거고.

다시 자리를 맞바꾼 다음, 나는 영화 회사의 홈페이지로 가서 필요 사항을 입력하고 데이터를 첨부했다.

'응모' 버튼 위에서 조금 망설이고 있자니 마나가 '으럇'이라면서 커서를 맞추고 클릭했다.

"아."

"이히히. 지금 와서 망설여봤자 아무 소용도 없지 않아?"

뭐, 그렇긴 하지.

화면이 업데이트 중 표시로 바뀌었고, 잠시 후에 응모 완료라는 글자가 떴다.

"내일은 오빠야도 시업식이잖아? 슬슬 자야지."

그러고 보니 그렇네.

나도 내일부터는 다시 학교에 가게 된다.

알았어, 알았다고, 나는 그렇게 말하며 마나를 쫓아내려 했다.

"안 일어나면 뽀뽀해버릴 테니까!"

"왜 그런 짓을."

"오빠야는 시스콘이니까 기뻐할 것 같아서."

"안 기뻐. 오히려 네가 기뻐하겠지. 브라콘 갸루."

"브라콘이라니, 그냥 평범한 거거든?"

낼름, 혀를 내민 마나가 '잘~'이라고 적당히 인사를 하며 방에서 나갔다.

아마 잘 자라는 뜻인 것 같다.

침대에 누워서 토리고에와 후시미에게 응모했다는 사실을 알리고는 방의 조명을 껐다.

시업식 날 아침.

"피곤하네요."

옆자리에서 히메지가 한숨 섞인 목소리로 말했다.

히메지, 즉 히메지마 아이. 나와 후시미의 소꿉친구이자 얼마 전까지 아이돌로 활동했던 과거가 있으며 지금은 연예 활동을 하고 있다.

나는 그런 히메지를 힐끔 보고 '호오'라며 적당히 대꾸했다.

내일부터 시작되는 시험이 귀찮네…….

"저기."

히메지가 눈을 흘기며 나를 바라보았다.

"이럴 때는 보통, 무슨 일 있었어? 라고 물어보는 거 아닌가요?"

히메지가 다시 한숨을 쉬었다.

"아이, 료 군에게 그런 말을 해봤자 소용없거든? 완전히 그거니까."

반대쪽 옆자리에 있던 후시미가 덧붙여 말했다.

왠지 살짝 디스당하는 것 같은데…….

아무래도 이야기의 흐름으로 보아 히메지는 왜 피곤한 건지 물어봐 줬으면 하는 모양이다.

말하고 싶으면 그냥 말하지.

"그래서, 무슨 일인데?"

"어흠."

히메지가 호들갑스러운 헛기침을 했다.

"무대 공연이 12월로 정식 결정되었는데요."

그 이야기는 예전부터 슬쩍 듣긴 했다. 그렇구나, 드디어 정식으로 결정되었구나.

히메지가 반응을 살피듯이 후시미를 보았다.

"끄으으으……."

후시미는 화가 난 강아지처럼 송곳니를 드러내고 있었다.

그 무대의 오디션에서 마지막에 낙선한 후시미는 이런 이야기를 들으면 항상 이런 느낌이다.

"히메지, 괜히 도발하지 마."

"도발하는 거 아니에요. 그냥 근황 보고잖아요."

그런 이야기를 후시미가 듣는 곳에서 하지 말라는 거야.

후시미도 후시미대로 도발 내성이 0이라 사사건건 들이대면서 질투한다. 그건 히메지도 마찬가지라서 후시미가 어떻게든 기세를 제압하려 들면 뭐라도 한 마디 대꾸하려 한다.

입만 열면 티격태격하는 이 둘은 여름방학이 끝난 뒤에도 전혀 바뀌지 않았다.

"연습이 꽤 힘들어서 요즘은 피곤하다는 거죠."

무대 연습은 여름방학쯤부터 시작되었다. 공연이 12월인데 꽤 미리 준비하는구나.

"클럽활동을 하는 사람은 다들 그러거든."

후시미가 빠른 말투로 퉁명스럽게 말했다. 학교에서 이런 말투로 이야기하고 싸늘한 표정을 짓는 경우는 별로 없다.

소꿉친구이기에 보이는 태도겠지.

"히나는 좋겠네요……, 학교 축제 영화 촬영을 마친 뒤에는 놀 수가 있으니까요. 저도 놀고 싶었어요."

히메지는 한탄하듯 고개를 저으면서도 다시 도발하고 있었다.

"그럼 그만두지 그래."

"내팽개칠 수는 없죠. 일인데."

"아, 그러셔."

볼이 불룩불룩 부풀어 오른 후시미가 고개를 홱 돌려버렸다.

"야, 히메지. 적당히 해라."

이게 반격이라는 걸 나는 알고 있다.

학교 축제 영화를 촬영하던 도중에 후시미가 연기 경험이 더 많앉기에 연기를 지도해준 것부터가 시작이었다. 기세 제압에 도발도 잊지 않았던 지도였기에 히메지가 앙심을 품고 있었던 것 같다.

"료는 저하고 히나 사이에서 항상 히나 편을 들죠."

히메지는 마음에 들지 않는다는 듯이 말한 다음, 책상을 쭉 밀었다.

"그러려는 게 아니라———."

변명하려 하자, 그 자리 사이를 지나 토리고에가 다가왔다.

"좋은 아침이야. 아침부터 싸우고 있구나."

어이없다는 듯한 눈빛의 토리고에가 나를 빤히 바라보았다.

안녕, 그렇게 인사하고는 아직 주인이 오지 않은 빈 자리에 앉으라고 권했다.

"나는 아무것도 안 했어. 후시미랑 히메지가 서로 도발하잖아."

"아무것도 안 한 게 잘못이지만 말이지."

토리고에가 그렇게 말하고는 내가 권한 자리에 앉았다.

"시이~, 좋은 아침~."

갑자기 미소를 지은 히나가 손을 흔들었다.

"좋은 아침이야, 히이나."

토리고에 시즈카, 그래서 시이.

시이라고 부르는 것보다 마나가 부르는 시즈라는 호칭이 캐릭터에는 더 맞는단 말이지.

나는 이야기를 나누는 두 사람을 보며 그런 생각을 했다.

"어떻게 마무리됐어? 응모한 영화."

토리고에가 방금 생각났다는 듯이 물었다.

"나는 납득하긴 하는데, 재미있을지 여부는 자신이 없네."

"다음에 보여줘."

"그래. 정 뭐 하면 데이터를 보내줄까?"

후시미가 나와 토리고에의 반응을 살피고 있다는 걸 알 수가 있었다.

"저기, 그럼……. 아, 아니, 괜찮아. 타카모리 군네 집에 들러도 된다면……."

토리고에가 뭔가 확인하려는 듯이 후시미를 힐끔 보았다.

"그래. 그렇게 해도 상관없어. 후시미도 보고 싶으면 같이 오고."

그렇게 말하자 후시미가 고개를 천천히 저었다.

살랑거리며 흔들리는 머리카락에서 깔끔한 샴푸 향기가 났다.

"나는 다음에 봐도 돼."

후시미는 이런 걸 무슨 일이 있더라도 확인하고 싶어 하는데, 신기하네.

"오늘 방과 후라도 상관없어? 시간은 괜찮고?"

토리고에가 그렇게 말하자 나는 고개를 끄덕였다.

"왠지 긴장되네."

"완성된 건 보는 건 처음이니까."

학교 축제용 영화는 아직 편집 중이다.

그래서 완성되었다고 할 만한 것을 다른 사람에게 보여주는 건 처음이었다.

"이러쿵저러쿵해도 완성시켰구나, 영화."

토리고에가 새삼 확인하는 듯이 말했다.

"숙제 지옥만 없었더라도 시간을 좀 더 투자할 수 있었을 텐데."

"그건 숙제를 전혀 하지 않았던 료 군 잘못이잖아."

후시미가 불만이라는 듯이 입술을 삐죽댔다.

"뭔가 잘못된 것처럼 숙제를 제대로 해버렸어."

"그게 보통이라고. 뭐가 잘못된 건데."

후시미가 웃으며 태클을 걸었다. 토리고에도 무표정하던 얼굴에 미소를 드리웠다.

그 이후에 담임인 와카타베 선생님이 와서 간단히 이야기를 한 다음에 시업식을 하기 위해 체육관으로 이동했다.

"타카양, 타카양."

뒤에서 어깨를 두드리길래 돌아보니 데구치가 있었다. 반에서 유일한 남자인 친구라고 할 수 있는 존재였다.

여름방학이 끝난 뒤에도 여전히 데구치의 눈은 가늘었다.

"바다 갔을 때 찍은 영상은 어떻게 됐어?"

완전히 잊고 있었다. 모두 함께 바다에 갔을 때 촬영한 영상을 편집하기로 데구치에게 약속했었는데.

"미안. 좀 바빠서."

"어쩔 수 없지~. 영상의 품질에 따라서는 점심밥 정도는 쏠 수 있는데……."

씨익 웃으며 포상을 제안했다. 얼마나 기대하고 있는 거야.

데구치가 기대하고 있는 건 미소녀의 수영복 영상이겠지만, 다른 사람에게도 줄 생각이니 이상하게 편집할 방침은 없다.

겨우 점심밥 정도로 여자애들에게 비난을 뒤집어쓸 용기는 없다고. 미안하다, 데구치.

시업식이 끝나자 교실로 돌아와서 HR을 진행했다. 원래는 학교 축제 때 진행할 행사나 무언가를 정하는 시간인 모양이지만, 우리 반은 이미 정해져 있기에 내가 제작 상황을 다른 반 친구들에게 보고하고 끝났다.

곧바로 맞이한 방과 후.

시간은 아직 정오도 되지 않았다.

히메지는 연습을 하러 간다고 했고, 후시미도 액터즈 스쿨에 간다.

아무 일정도 없었던 건 나와 토리고에뿐이었기에 좀 전에 이야기했던 독립 영화를 보여주기로 하고 우리 집으로 향했다.

늦더위가 아직 심했기에 에어컨이 틀어져 있는 전철 안은 밖과 전혀 다른 세계였다. 정오를 맞이하려는 시간대의 전철 안은 텅 비어 있었고, 우리는 나란히 시트에 앉았다.

"갑자기 영화를 보여달라고 해서 미안해."

"미안해할 필요는 전혀 없어. 다른 사람도 한 번 봐줬으면 했거든."

마나는 어느 정도 호평이었는데, 후시미가 그걸 보면 뭐라고 할까.

"다른 사람들보다 일찍 방과 후가 되었는데 바로 집으로 가는 건 좀 아까워서."

"대충 이해가 되네."

"아, 난 영화는 전혀 모르니까 대단한 말은 못 해."

"토리고에는 그거지……, 재미가 없으면 딱 잘라 말할 것 같아."

눈에 선하다.

내가 미묘하게 어두운 표정을 짓고 있어서 그런지 토리고에가 슬쩍 웃었다.

"열심히 만든 건데 그렇게 딱 잘라 말하진 않아———."

"아, 다행이네."

"아마도."

"아마도?!"

각본은 괜찮은데 왜 이렇게 재미가 없고 시시할까, 라고 조용히 중얼거릴 것 같다.

농담이야, 농담, 토리고에는 그렇게 말하며 즐거운 듯이 어깨를 들썩였다.

그러다가 어깨가 부딪혔다. 나는 어깨를 움찔거리며 으쓱였고, 토리고에도 마찬가지였는지 놀란 듯이 눈을 깜빡이고 있었다.

"미, 미안해."

"아, 아니야. 저, 전혀."

갑자기 토리고에가 다른 목소리를 내기 시작했다.

"저와 어깨를 맞부딪히다니, 돈을 내도 될 정도라고요, 료!"

"왜 그래, 왜 그래, 토리고에."

내가 눈을 동그랗게 뜨고 있자니 토리고에가 얼굴을 붉히면서도 계속 말했다.

"어쩔 수 없으니까, 어깨는 계속 붙이고 있어 드릴게요."

뭐어……?

약간 떨어져 있던 어깨와 어깨가 달라붙었다.

영문을 알 수가 없어서 눈을 깜빡이고 있자니 토리고에가 다시 원래대로 돌아왔다.

"…………히메지라면, 그렇게 말할 것 같아서…….''

토리고에가 작은 목소리로 그렇게 중얼거렸다.

"그, 그래……, 그렇구나.''

그렇구나……? 이해가 안 되네. 왜 갑자기 히메지 흉내 같은 걸 내기 시작한 건데.

"히이나하고 다시 이야기를 나누게 된 계기에 대해서 들었어.''

"성추행 미수 이야기?''

"맞아. 만약에 말이야, 내가 그런 사람에게 당할 것 같으면 타카모리 군은 구해줄 거야?''

토리고에는 자신이 없는 듯이 내 얼굴을 힐끔거리며 올려다보았다.

"그야 그러겠지.''

"한번 찬 여자인데도?''

바로 앞에서 바라보는 토리고에는 의외로 진지한 눈빛이 진지했다.

나는 문득 정신이 들어서 고개를 돌렸다.

"그런 건 상관없어. 일단 우선 경찰을 부르겠지.''

"뭐, 뭐, 그렇겠지만.''

"경찰이 올 때까지 시간을 버는 것 정도는 어떻게든 할 거야.''

"그게 맞는 거긴 한데, 해줬으면 하는 부분이 미묘하게 빗나가네……."

토리고에는 몸을 축 늘어뜨렸다.

잠시 후, 집에서 가까운 역에 도착하자 개찰구를 빠져나갔다.

눈 부신 바깥으로 나와 눈을 가늘게 뜨고, 후끈한 온기에 감싸인 와중에 우리는 나란히 집으로 걸어가기 시작했다.

"위기에 처했을 때 구해주러 온 사람이 좋아하는 사람이라고 생각하면, 상상만으로 가슴이 쿵해."

토리고에도 쿵이라는 단어를 쓰는구나.

당연하지만, 토리고에도 여자애지.

"……뭐야?"

의식하지 않고 토리고에를 빤히 바라봐버렸던 모양이다.

"아무것도 아니야."

나는 급하게 고개를 저었다.

"타카모리 군은 상식이나 지식은 있는 것 같은데 연애 쪽으로는 깜짝 놀랄 정도로 감도가 안 좋아. 무슨 이유라도 있어?"

"이유? 경험 부족……? 이라든가?"

"그런 건 나도 마찬가지야. 점심시간을 같이 지낸다고 의식해버릴 정도로 쉬운 여자애거든."

"그렇게 자학하면 저는 아무 말도 못 하겠는데요, 토리고에 양."

"사실이잖아."

진지한 표정으로 그러지 말라고.

"힘들어. 이제 그만."

내가 항복하겠다는 듯이 그렇게 말하자 토리고에가 한숨 같은 미소를 드리웠다.

이런 건 뭐라고 해야 할까.

후시미나 히메지와는 달리 토리고에 앞에서는 이렇게 해야 한다, 저렇게 해야 한다라는 마음이 없다.

토리고에는 고등학교 이후의 나만 알고 있다. 반대로 말하자면 외톨이에 별다른 장점이나 취미도 없었던 나를 알고 있기에 토리고에에게 잘 보이고 싶다는 욕심이 없다.

"한번 차였으니까, 폼을 잡아봤자 이미 늦어서 이러는 거야. 폼을 안 잡아도 되니까……."

"거들먹거리지 않아도 돼서 편하다는 거야?"

"응."

토리고에가 그렇게 말하며 고개를 끄덕이기도 전에 내가 계속 말했다.

"나도 이해돼. 토리고에 앞에선 전혀 긴장하지 않아도 된다고 해야 하나, 생각한 걸 그대로 말할 수도 있어서 마음이 편하단 말이지."

이해돼, 이해돼. 나는 그렇게 고개를 끄덕이며 말했다.

뒤를 돌아보자 토리고에가 볼을 붉게 물들인 채 고개를 숙이고 있었다.

"왜 그래?"

"타, 타카모리 군……, 방금, 한 말, 사실이야?"

"사실인데, 왜?"

"어, 아니, 왜냐니……, 저기."

머뭇거리던 토리고에는 교복을 잡거나 앞머리를 손가락으로 문지르거나, 머리카락을 쓰다듬거나 하면서 안절부절못하고 있었다.

"그럼, 타카모리 군, 나를 좋아하는 거 아냐?"

조아한은거안야.

조아한은거안야……?

조아하는 거 안야.

좋아하는 거 아냐―――.

"어."

머릿속으로 몇 번이나 반복하고 나서야 제대로 해석했다.

"아. 저기. 아무것도 아니야. 잊어버려. 내, 내 망상이니까. 사실은 좋아하는 거라고 생각하는 안쓰러운 여자 같은 말을 해서 미안해!"

토리고에는 두 손을 있는 힘껏 젓고는, 걸어서 나를 추월한 뒤 '문과하고 이과, 타카모리 군은 어느 쪽으로 할 거야?'라며 들뜬 목소리로 화제를 돌렸다.

내가 대답할 때까지 기다리지 않은 걸 보니 계속하고 싶지 않은 이야기였던 모양이다. 우리 학교에서는 2학년 10월, 다시 말해 다음 달부터 문과와 이과로 나뉜다.

"나는 문과."

"나도."

……그렇게 이야기가 끝나버렸고, 한동안 침묵이 이어졌다.

귀가 아직 빨간 토리고에를 집까지 데리고 온 다음 방으로 함께 들어왔다. 에어컨을 틀고 적당히 앉게 했다.

아무런 이야기도 하지 않게 된 만큼, 토리고에의 시선이 내 행동을 구석구석까지 관찰하고 있는 것처럼 느껴졌다.

충전 케이블을 빼고 기동시킨 노트북을 토리고에에게 건넸다.

"왼쪽 위 폴더에 이름이 적혀 있지? 그거야."

"응."

툭, 툭, 터치 패드를 두드리는 소리가 들렸다. 나는 차를 가져오기 위해 1층으로 내려갔다.

마나에게 보여주었을 때도 그랬지만, 눈앞에서 보여주는 건 쑥스럽다. 반응이 두렵기도 하다.

"좋아하는 거 아냐……."

소리 내어 말해보았다.

토리고에에게는 당연히 친구로서 호의가 있다.

토리고에에게서도 그런 호의나 그 이상의 것을 느낀 적이 있긴 했다. 고백까지 해줬으니, 겨우 그런 걸 알 수 있게 되었다.

하지만, 눈에 보이는 말과 행동이 전부는 아니다.

……어라, 나 언제부터 이렇게 단정 짓게 되었지.

나는 마음속으로 고개를 갸웃거리며 잔에 보리차를 따르고 과자 한 봉지를 챙겨서 방으로 돌아갔다.

안에서는 토리고에가 아직 영화를 시청하고 있었다.

내가 돌아온 것도 아직 눈치채지 못한 채 꽤 집중하고 있는 모양이었다.

무슨 말을 할까.

각본에 대해 의논했던 만큼, 마나보다 반응이 더 신경 쓰인다.

마지막 장면의 목소리가 들렸다. 몇 번이나 반복해서 봤기에 소리만 들어도 알 수가 있다.

토리고에는 영화가 끝났는데도 화면을 빤히 바라보고만 있다가, 잠시 후에 입술을 깨물며 입가를 실룩였다.

"어땠어……?"

조심조심 물어보자 그제야 내가 있다는 걸 눈치챈 토리고에는 내게 등을 돌렸다.

코를 훌쩍거리는 소리가 들렸고, 손을 얼굴 근처로 가져갔다는 걸 알 수 있었다.

"토리고에?"

"응, 미안해, 이것저것 좀."

솔직히 말해서 눈물이 날 만한 요소는 없다. 연인이 죽은 것도 아니고, 죽은 어머니에게서 온 편지를 읽은 것도 아니다.

그저, 가장 처음에.

전체적으로 보았을 때는 나도 울었다.

나는 제작자라서 감정이입이 지나치게 되었을 뿐이라고 생각했는데, 어쩌면 그게 아닐지도 모르겠다.

"타카모리 군이 나를 찍고 싶다고 했던 게 무슨 뜻인지 알겠어."

"그렇지?"

이제야 이해해줬구나.

"각본을 돕기만 하면 히이나가 찍어도 딱히 상관없다고 생각했고, 히이나가 연기하는 이미지로 만들긴 했는데. 내가 찍었어도 역할에 딱 맞았을지도 모르겠네."

토리고에는 다시 코를 훌쩍이고는 이쪽을 돌아보았다.

"실제로 카메라를 들이대면 제대로 연기 못 했겠지만."

이렇게 자학처럼 웃으며 말하는 모습은 왠지 토리고에답다.

"영화 자체는 어땠어?"

"찡했어."

"그, 그렇구나!"

별다른 문제가 없다는 것만으로도 합격일 것이다.

"휴우~, 이겼군."

제작하느라 고생했던 며칠이 보답받은 듯한 기분이 들었기에 나는 하늘을 올려다보았다.

"호들갑을 떨기는."

미소를 지은 토리고에가 노트북을 탁, 닫았다.

나는 가져온 차를 내주고 과자 봉지를 뜯으며 자세한 감상을 물어보았다.

그 장면이 그렇게 될 줄이야. 그 표정은 좋던데. 분위기가 제대로야.

토리고에는 내 영화를 한껏 칭찬해주었다.

"콩쿠르, 잘만하면 입상할 수 있을지도 몰라."

"그러지 마, 진짜로."

그렇게 띄워주면 진짜로 그럴 것 같다는 꿈을 꿔버리게 되잖아.

이러쿵저러쿵 이야기를 하다 보니 잔이 비었고, 과자도 바닥을 보였다.

"숙제도 제대로 하고, 학교 축제용 영화도 열심히 찍고, 개인적인 영화도 확실하게 마무리하고……. 어느새 타카모리 군이 성실한 사람이 되었네."

"내가 비상식적이고 글러먹은 사람이었던 것처럼 말하지 마."

사실 스스로도 그렇게 생각한다. 돌아보니 빈둥빈둥 보낸 시간이 거의 없었다.

노트북을 돌려받은 다음, USB 메모리를 끼워서 데이터를 복사했다.

내일이라도 후시미에게 줘야겠다.

시간이 어느새 오후 1시를 지나려 하고 있었다.

"토리고에, 점심밥은 어떻게 할래?"

"집에 갈 생각이었는데, 타카모리 군은?"

"딱히 먹을 게 없으면 밖에서 사 먹거나 편의점에서 적당히 사 오려고."

토리고에를 역까지 바래다준 다음, 적당히 뭔가 사 오거나 가게에서 먹을 생각이었다.

"저기, 혹시 괜찮다면 말인데."

"응?"

내가 계속 말하기를 기다리고 있자 토리고에가 볼을 붉히고 눈을 내리깔면서 조용히 말했다.

"……마, 만들어줄까? 저, 점심, 밥."

"고맙긴 한데, 괜찮겠어? 귀찮지 않아?"

토리고에가 고개를 살짝 저었다.

"마나마나처럼 잘하진 못하지만, 집에서는 집안일을 꽤 돕고 있거든."

"그렇다면 안심이네. 뭘 만들 건데?"

"남은 식재료를 써도 된다면……."

"아마 써도 될 거야."

굳이 장을 보러 가지 않는 걸 보니 실전 능력이 뛰어나다는 걸 알 수가 있다.

둘이서 부엌으로 간 다음, 토리고에에게 냉장고 안을 보여주었다.

"흐음. 역시 마나마나야. 제대로 정리해두었네."

정돈되어 있는 냉장고 안을 보고 감탄하고 있었다.

"어때? 할 수 있을 것 같아?"

"볶음밥 정도라면 간단히 할 수 있을 것 같은데, 그거라도 괜찮다면."

"부탁드리겠소이다."

내가 적당히 대답하자 토리고에가 미소를 지었다.

"그래. 그럼 잠깐만 기다려."

나는 토리고에가 말한 대로 기다리기로 하고는 거실에서 TV를 보며 가끔씩 그녀의 상황을 살펴보았다.

솜씨는 좋다.

조미료가 있는 곳이나 접시가 있는 곳을 물어보기만 할 뿐, 딱히 문제는 없는 것 같았다.

금방 기름 냄새와 밥을 볶으며 나는 기분 좋은 소리가 퍼지기 시작했다.

"다녀왔습니다~."

현관에서 마나의 목소리가 들렸다.

마나도 오늘은 오전에 하교했을 텐데. 어딘가 들렀다 온 모양이다.

"어서 와~."

나는 어쩔 수 없이 대답했다. 내가 어서 오라는 말을 할 때까지 다녀왔다고 계속 말하기 때문이다.

"오빠야, 손님 왔어~?"

"토리고에."

"호오~, 시즈가 와 있구나?"

마나가 이쪽으로 고개를 쏙 내밀고는 국자를 들고 요리하고 있던 토리고에를 발견했다.

"시, 시즈가 노골적으로 점수를 따고 있어———?!"

점수?

"마나마나, 어서 와."

"응, 다녀왔어. 아니! 그게 아니라! 점심밥을 하고 있잖아!"

마나의 표정이 점점 험악해졌다.

"점수라니……, 딱히 그런 게 아닌데."

마나를 보고 있던 토리고에의 시선이 살며시 다른 곳으로 돌아갔다.

"맞잖아! 그게 아니면 뭔데!"

"마나. 그렇게 화내지 마. 쓰면 안 되는 식재료였어? 내가 써도 된다고 했는데."

"아니야아~!"

아닌 모양이다.

마나는 가방을 휙 내던지고 토리고에에게 다가갔다.

"마나마나 몫도 있어."

"그러면 안 돼, 시즈. 오빠야의 위장 담당은 나니까. 그런 각도로 점수를 따려 하다니, 나쁜 애구나, 시즈. 요리는 내 영역이거든?"

그런 것 때문에 화가 난 거냐.

"그야 마나마나가 요리를 더 잘하고 맛있게 하겠지만."

오. 오오? 뜻밖의 전개.

"손이 많이 가고 맛있는 요리만 하잖아. 마나마나는."

"좋잖아. 최고잖아. 여동생 밥."

"타카모리 군은 좀 더 싸구려 같은 밥도 좋아한다고."

"윽……."

오, 오오……. 밀어붙이고 있다. 토리고에가 마나를 밀어붙이고 있어.

제대로 요리한 음식은 당연히 좋아하지만, 적당히 맛을 진하게 만든 요리도 좋아한다.

마나가 요리할 때는 비교적 전자일 경우가 많다.

"아, 아니. 오빠야의 음식 취향 이야기는 하지 마. 내가 더 잘 파악하고 있거든."

팔짱을 낀 채 양보하지 않을 듯한 자세를 보이는 마나.

라멘 가게의 고집 센 아저씨 같은 풍격조차 드러내고 있다.

"마나마나는 기술에 취해 있어. 요리를 잘한다고 해서 좀 자기만의 세상에 빠진 거잖아."

"그, 그렇지 않아."

마나가 볼을 부풀렸다.

마나의 영역에 발을 내디딘 토리고에는 반격당하면서도 확실하게 쐐기를 박아넣으려 하는 것 같았다.

충돌이 일단락되었다고 생각한 토리고에는 완성된 볶음밥을 세 명 몫의 접시에 담았다.

"시즈으. 나도 무슨 심정인지는 이해하지만 말이야~. 파고들지 않았으면 하는 부분이 있다고. 불가침 조약."

"마나, 이제 됐잖아. 이왕 만들어준 건데."

테이블에 접시를 놓고 셋이서 자리에 앉아 손을 마주 모은 다음, 잘 먹겠습니다라고 했다.

스푼으로 뜬 볶음밥을 한 입 먹어보았다.

쌀에 달걀이 적당히 달라붙었고, 내가 써도 된다고 했던 베이컨의 간도 잘 맞았다. 액센트로 양배추를 넣은 것도 포인트인 것 같다.

"어, 어때."

"좀 전이랑 태도가 반대잖아. 맛있어, 평범하게."

"다행이야."

토리고에도 그렇게 말하며 한 입 먹었다.

와구와구 먹던 마나는 흐응, 하며 뽐내듯이 코웃음 쳤다.

"맛있긴 하지만 말이야~. 평범하잖아."

"그런 말은 하지 마."

곧바로 나무라려고 했지만, 반격의 기회를 노리고 있던 마나가 계속 말했다.

"나라면 똑같은 조리 시간을 들여서 두 종류는 더 만들 수 있는데."

그렇게 으스대는 표정으로 유창하게 말하는 마나와는 달리 토리고에는 무뚝뚝했다.

"흐응."

"오빠야의 식사 담당은 나니까."

원래 그런 담당은 없는데.

"점심밥이니까 평범하기만 해도 충분할 것 같은데."

토리고에의 의견에도 일리가 있다.

낮부터 손이 많이 가는 엄청난 식사를 하고 싶은가 물어본다면, 그렇진 않을 것이다.

빠르게 적당한 걸 대충 먹고 싶다.

그건 그렇다 쳐도, 마나에게도 자기 나름대로 자존심이 있는 모양이다.

"오빠야를 밥으로 기쁘게 만들고 싶다면 우선 나를 쓰러뜨려야지."

"골치 아픈 시어머니 같네, 마나마나."

연상에게 시어머니 취급받은 마나가 굳어버렸다.

"토리고에도 적당히 하라고."

"마나마나는 자기가 만들고 싶다는 걸 타카모리 군에게 떠넘기고 싶은 것뿐 아닐까……."

"평범한 볶음밥을 만드는 게 다인 사람에게 그런 말을 듣고 싶진 않거든."

"싸우지 마! 밥은 즐겁게 먹자고."

아무래도 상관없는 오기 싸움으로만 보인다.

그 이후로 두 사람은 잠자코 스푼만 움직였다.

마나가 보기엔 이 집에서 식사를 만드는 것 자체가 자신에 대한 선전포고였던 모양이다.

사이가 좋아서 그런지 토리고에도 거기에 응전했고……. 그래서 둘 다 입을 다물어버렸다.

껄끄러워…….

"시즈는 이러쿵저러쿵해도 진심이구나."

"뭐가."

"끝까지 말 안 해도 알잖아."

"그야……, 응."

마나가 씨익 웃었다.

"뭐~, 그 마음을 봐서 이번만큼은 용서해줄게."

그 한마디로 이번 소규모 충돌은 종전을 맞이했다.

◆토리고에 시즈카◆

"실례했습니다."

내가 타카모리 군네 집을 나서려 하자 그가 좀 전에 했던 제안을 다시 했다.

"역까지 바래다줄게."

"아니야. 고마워. 여기서는 혼자 가도 괜찮아."

"그렇구나."

타카모리 군은 그렇게 말하며 쉽사리 물러섰다.

사실은 '됐으니까 바래다줄게'라고 하면서 다소 억지스럽게나마 내 손을 잡아당기며 나를 자전거 짐받이에 태워줬으면 했다.

…….

고개를 저으며 이상한 망상을 떨쳐냈다. 귀찮게 구는 여자 같아서 왠지 싫다.

아니, 타카모리 군에게 그런 눈치가 있을 것 같진 않다.

타카모리 군이 찍은 영화는 나를 있는 그대로 그려낸 것 같은 동질감이 느껴졌다.

아마 본인은 그럴 생각이 없었겠지만.

제일 먼저 주연 이야기를 했던 게 히이나가 아니라 나였다는 것도 납득이 되었다.

내가 그대로 받아들였다면 각본 의논부터 촬영까지 계속 단둘이서———.

다시 고개를 저으며 만약이라는 망상을 없앴다.

내가 연기했다면, 장점을 묻히게 했을 가능성도 있으니 역시 히이나가 주역을 맡은 게 정답이라고 생각한다.

히이나는 그 영화를 어떻게 평가할까.

좋아하는 사람이 만든 영화니까 칭찬만 할까?

고집스럽고 융통성이 없는 구석도 있으니까 의외로 솔직하게 든 생각에 대해 말할지도 모르겠다.

"아니, 나는 다른 생각 없이 생각난 걸 말했을 뿐이야. 좋아하는 사람이 만든 거라는 생각은 상관없이, 편애 없이."

도착한 전철의 소리에 묻히게끔 혼잣말을 중얼거렸다.

오늘 나는 어떻게 되어버린 걸까.

차 안의 빈자리에 앉아서 흘러가는 경치를 곁눈질로 보며 멍하니 생각했다.

아마 타카모리 군이 그런 말을 했기 때문일 것이다.

'토리고에 앞에선 전혀 긴장하지 않아도 된다고 해야 하나, 생각한 걸 그대로 말할 수도 있어서 마음이 편하단 말이지.'

떠올리기만 해도 얼굴이 다시 빨개져 버린다.

그런 모습을 다른 승객들로부터 감추듯 발끝을 내려다보았다.

토리고에는, 이라고 말했다는 건 다른 사람에게는 그렇게 생각하지 않는 거겠지.

그런 진심 같은 걸 은근슬쩍 들어버려서, 자각하지 않을 뿐 나를 좋아하는 게 아닐까 하고 착각해버릴 것 같았다. 착각하게 만드는 말이기도 했다.

그 말 때문에 생각한 게 좀 있다.

다른 두 사람……, 히이나하고 히메지에게 없는 것이 내게 있다고 한다면———.

착각이 사실이라고 하고, 타카모리 군이 그걸 자각해버린다면———.

얼굴이 실룩이는 걸 느낀 나는 두 손으로 얼굴을 가렸다.

어쩌지, 기뻐.

그렇다면 쓸데없는 생각은 하지 말고 내 마음에 솔직하게끔 받아들이고 싶다.

……그럴 일은 아마 없겠지만.

각본에 대해 의논했을 때부터 어렴풋이 생각하던 건데, 나도 뭔가 개인적으로 해볼까.

나와 마찬가지로 몰두할 것이 없었던 타카모리 군이 그렇게까지 열심히 할 줄은 상상도 못 했다.

『마나가 말이 좀 심했을지도 모르겠다면서 반성하고 있어. 그러니까 오늘 있었던 일은 용서해줬으면 해.』

타카모리 군이 메시지를 보냈다.

『신경 안 쓴다고 마나마나에게 전해줘.』

『알겠어. 마나는 평범하다고 했지만, 점심밥 맛있었어. 고마워!』

한번 찼던 주제에.

한번 찬 여자에게 이상한 기대를 주지 말라고. 정말.

2　체육 준비와 정리

"100미터 달리기 같은 걸 꼭 해야 하나?"

나는 투덜투덜 불평하면서 끼릭끼릭, 이상한 소리를 내는 라인 카를 밀어서 출발 지점에 하얀 선을 그어나갔다.

"불평하지 마."

"진짜, 잡일 담당이란 말이지. 학급 임원은."

"다 알고 있었잖아? 자기가 입후보했으면서."

후시미가 쿡쿡대며 웃었다.

우리 학급 임원은 쉬는 시간에 오늘 체육 시간 준비를 하고 있었다.

후시미는 내게 자 끄트머리를 들려주고 가볍게 뛰어가기 시작했다.

"이 근처~!"

보아하니 여기에서 거기까지가 100미터인 것 같다.

나는 손을 들어 대답하고는 결승점까지 선을 긋기 위해 라인 카를 밀며 후시미가 있는 곳까지 이동했다.

운동도 잘하는 후시미가 보기에는 딱히 곤란할 게 없을 것이다.

수영이나 달리기도 잘하고, 구기 종목 실력도 좋다.

체육복 차림인 후시미는 여름 같은 건 아무런 상관도 없었다는 듯, 그을리지 않아 하얗고 날씬한 팔다리를 드러내고 있다.

100미터 달리기라는 이야기를 들어서 그런지 긴 머리카락을 뒤로 묶어서 의욕이 넘치는 듯한 낌새였다.

운동장으로 반 친구들이 우글우글 나왔다.

"감독님, 오늘은 뭐 해~?"

"100미터 달리기. 측정한대."

"으에엑……, 진짜로?"

여름방학 때 학교 축제용 영화를 찍어서 그런지 우리 반에서 내 별명이 어느새 반장님에서 감독님으로 바뀌었다.

"감독님, 축구하고 싶다고 선생님에게 말 좀 해줘."

"네가 직접 해."

"우와, 감독님, 진짜 너무하시네~."

내가 무뚝뚝한 반응을 보이자 다른 남자애가 깔깔대며 웃었다.

학급 임원이자 잡일 담당이지만, 나 자신인 다른 반 친구들을 위해서 뭔가 생각하는 경우가 거의 없고, 그렇게 사람이 좋은 것도 아니다.

다가온 남자애가 후시미를 한 번 힐끔 본 걸 알 수 있었다.

"후시미 양, 머리 묶었네."

탈의실에서 운동장으로 나온 데구치가 제일 먼저 말했다.

"저 녀석의 안 좋은 구석이라고 해야 하나, 장점이라고 해야 하나, 이런 건 진지하게 하거든."

"휴우~. 목덜미를 볼 수 있으니까 상관없긴 하지."

이 녀석의 목적은 처음부터 끝까지 바뀌질 않네, 정말.

"어지간한 남자보다 빠를 걸, 후시미는."

"결승점에서 지켜보고 싶어."

바람직하지 못한 생각을 하고 있다는 건 실룩이는 얼굴만 봐도 금방 알 수 있었다.

그다음으로 남자들의 눈길을 끈 것은 히메지였다.

"달리기를 하는 건가요? 딱히 상관없지만요."

오늘 체육 내용을 들은 히메지가 옆에 있던 여자애와 이야기를 나누며 이쪽으로 다가왔다.

맵시라고 해야 하나, 똑같은 옷을 입고 있다고 믿기 힘들 정도로 히메지는 멋진 모습이었다.

우리 학교 체육복 코스프레를 하고 있다는 표현이 딱 맞을 것 같다.

"크다."

데구치가 조용히 말했다.

이 녀석은 보이는 걸 있는 그대로 소리 내어 말한단 말이지…….

어이가 없다고 해야 하나. 다른 사람들의 시선을 신경 쓰지 않는다고 해야 하나.

뭐, 무슨 심정인지는 알겠어.

후시미는 납작하지만, 히메지는 들어가고 나온 부분이 확실하다.

나른하다는 듯이 팔로 몸통을 감싸고 있어서 가슴 근처가 더욱 강조되어 보였다.

"타카양, 저건 위험해. 저건 위험하다고요, 매우."

"뭐가."

"100미터 달리기잖아? 전력질주를 하면 자기 마음대로 움직일 거 아냐. 상하좌우로."

"더 이상 말하지 마."

"모든 남자가 일어서겠지만, 일어설 수 없게 될 거라고."

"그런 말은 안 해도 된다니까."

초등학생 때는 히메지의 운동 신경이 좋았던 기억이 있다.

노래하며 춤도 췄을 테니 폐활량도 꽤 클 것이다.

"지금 무대 연습 같은 걸 하고 있지?"

데구치가 물었다.

"그런 모양이던데~."

나는 잘 알고 있긴 했지만, 남 일인 것처럼 대답했다.

여름방학 중에 오디션에 합격한 히메지가 무대 연습을 시작해서 학교 축제용 영화의 촬영이 밀린 적이 있었던 것이다.

그때, 히메지는 그 건에 대한 설명과 폐를 끼치게 된 것에 대해 사과했다.

여름방학이 끝나고 나서 후시미 이상으로 히메지의 주목도가 올라간 이유는 그것 때문일 것이다.

'2학년 전학생이 무대에 오르는 여배우였던 모양이다', '아이돌 출신이었다는 게 사실이었구나'라는 소문이 조금씩 돌고 있다.

"진짜배기는 화려하다고 해야 하나, 뭔가 다르네."

데구치가 별생각 없이 내린 평가에 나도 동감했다.

화각에 담아보니 그 사실을 잘 알 수가 있었다. 시각적인 힘이라고 해야 하나, 캐릭터가 살아난다고 해야 하나, 딱히 특별한 행동을 하지 않는데도 후시미와 나란히 서 있을 때조차 히메지에게 눈길이 가는 경우도 있었다.

"안 나오네, 토리고에."

그렇게 중얼거리며 둘러보자 내가 미처 못 봤을 뿐, 토리고에는 이미 옷을 갈아입고 나와 있었다.

혼자서 위에 저지를 입고 '저는 의욕이 없습니다'라고 나타내는 걸 보자마자 눈치챘다.

토리고에답네.

선생님이 왔고 모두가 그 앞에 서자 출석 확인을 한 다음에 오늘 체육 과목에 대한 설명에 들어갔다. 준비한 대로 100미터 달리기였고, 두 명이 한 조로 기록을 측정하는 모양이었다.

나왔구나, 두 명이 한 조…….

체육을 별로 안 좋아하는 이유 중 하나가 이거였다.

체육 쪽에서는 두 명이 한 조를 짜라는 경우가 많단 말이지.

"타카양."

나를 부른 데구치가 씨익 웃었다.

"……어쩔 수 없지."

"무슨 소리야. 마이 프렌드."

"창피하니까 두 번 다시 그렇게 부르지 마."

"말은 그렇게 하면서~. 기쁜 주제에~."

데구치가 팔꿈치로 슬쩍슬쩍 나를 찔러댔다.

기쁘다기보다는 안심했다는 게 사실이다.

준비운동으로 운동장을 한 바퀴 돌게 되었다.

"데구치는 달리기 잘했나?"

느릿느릿 달리고 있던 데구치에게 물었다.

4월에 체력 측정을 하긴 했지만, 100미터 달리기는 하지 않았다.

"평범하지 않을까? 중학교 때까지는 축구를 했으니 그럭저럭일 것 같긴 한데."

축구…….

이 패배감은 뭘까.

좋은 의미로도, 안 좋은 의미로도 뜻밖의 일면을 볼 수 있는 게 체육 수업이라 해도 될 것이다.

내가 보기에는 안 좋은 인상이 느껴지는 경우가 대부분이니까, 체육 시간에는 우울하다.

구기 종목을 할 때는 그쪽 클럽 부원의 독무대고, 척 보기에도 여자애들의 시선을 의식하고 있다는 게 느껴진다. 내가 잘하지 못하니까 그런 걸 삐딱하게 봐버리게 될 수밖에 없는 건가.

그리고 이번처럼 육상 계열 수업 때는 기록이나 숫자가 나오니까 '나는 저 녀석보다 잘하고 이 녀석보다 못해'라는 걸 확실하게 알 수 있다.

그걸 생각하기만 해도 마음이 좀 무거웠다.

"시이, 겉옷은 벗는 게 나을 거야."

약간 앞쪽에서 후시미가 토리고에게 말을 걸고 있었다.

"괜찮아. 나는 이대로 해도 돼."

"공기 저항이 커져서 기록이 안 좋게 나올 텐데."

"히이나처럼 진심으로 기록을 원하는 건 아니니까."

"어? 그래?"

후시미가 깜짝 놀라며 고개를 갸웃거리고 있다.

진심으로 도전하려는 사람은 후시미뿐일 것 같은데.

두리번거리던 토리고에가 이쪽을 봐서 눈이 마주쳤다.

그 순간. 시업식 날에 들었던 '그럼, 타카모리 군, 나를 좋아하는 거 아냐?'라는 말이 머릿속을 스쳤고, 나는 급하게 눈을 피했다.

뒤쪽으로 흘러내린 토리고에의 까만 머리카락이 한 발짝 걸을 때마다 살랑살랑 흔들렸다. 옆얼굴이 힐끔 보였다. 후시미와 이야기하는 눈가가 느슨해져서, 웃었다는 걸 알 수 있었다.

"토리고에 씨도 괜찮은 걸 가지고 있는데 저지 입었네……. 벗으면 안 되려나."

데구치가 조용히 그렇게 말했다.

기록이 안 좋게 나와도 벗지 말라고 나중에 말해둬야겠다.

뒤쪽에서 바라보고 있자니 우리 반의 인간관계를 알 수 있었다.

좀 전까지 토리고에와 이야기를 나누고 있던 후시미는 다른 여자애가 말을 걸자 잡담을 하기 시작했다. 거기에 다른 남자애들이 몇 명 끼어들었다.

히메지 주위에는 비교적 여자애들이 많았고, 전학생 주제에 군단을 형성한 듯한 분위기가 느껴졌다.

누구에게도 잘 아양 떨지 않는 구석이 여자애들이 보기에 매력적인 건지도 모르겠다. 반대로 남자애들이 보기에는 그런 부분이 다가서기 힘든 인상을 주는 것 같았다. 물론 그 사실을 모르는 다른 반이나 다른 학년 남자애들 사이에서는 굳이 말할 필요도 없이 인기가 많다.

"우리 반 남자애들은 후시미파랑 히메지마파로 분열되어 있었는데, 그런 것도 지금은 사라진 모양이네."

소식통인 데구치가 그렇게 말했다.

토리고에는 어떤가 하면, 후시미 근처에 있다가 주위에 다른 남자애들과 여자애들이 몰려들어서 그런지 어느새 혼자서 구석에서 뛰고 있었다.

다가서기 힘든 걸로 따지면 토리고에는 히메지 이상으로 '말 걸지 마' 오라를 뿜어내고 있다. 등 뒤에서 고오오라는 의성어가 들릴 것 같을 정도로 어두운 표정.

저런 표정 없이 조금만 더 싹싹하게 굴었다면 나보다 더 친구가 많았을 것이다.

반의 중심 같은 훈남 남자애가 토리고에에게 말을 걸었다.

무슨 이야기를 하는지 모르겠지만, 토리고에는 딱딱한 표정을 유지하며 고개를 젓거나 끄덕이고 있었다.

아마 긴장해서 그렇겠지.

그 남자애가 물러나자 대놓고 안심한 듯이 숨을 내쉰 것을 알 수 있었다.

"토리고에는 달리기 잘해?"

뒤에서 따라잡은 다음에 말을 걸자, 그녀는 목소리를 듣고 나라는 걸 알아차린 모양이라 이쪽을 보지도 않고 대답했다.

"내가 잘할 것 같아?"

"아니."

"그럼 왜 물어본 건데."

곁눈질로 나를 슬쩍 보고는 입가를 실룩이는 토리고에.

"평소에도 그런 표정이면 귀여울 텐데."

콜록콜록, 토리고에가 갑자기 기침을 했다.

"괜찮아?"

"갑자기, 이상한 말을, 하니까 그렇지……."

기침 때문에 눈물을 살짝 머금고 있었다. 볼도 왠지 평소보다 빨간 것 같았다.

"나, 나는, 히이나처럼 모두와 친하게 지내고 싶은 것도 아니고……, 저기……, 사이좋게 지내고 싶은 사람하고만, 이야기를 나누고 싶어."

그렇다면 나도 그 사람 중 한 명인 건가…….

찰싹, 갑자기 토리고에가 내 어깨를 때렸다.

"뭐 하는 거야."

"왠지 그냥."

아프지는 않으니까 상관없긴 하지만, 이유도 없이 때리진 말라고.

운동장 한 바퀴를 다 돌고 간단하게 스트레칭을 한 다음, 드디어 100미터 달리기를 하게 되었다.

세 번 뛴 다음에 그중에서 가장 빠른 기록을 채용하는 모양이었다.

그렇게 뛸 필요가 있나? 아니, 평소에 운동을 제대로 하지 않는 녀석은 첫 번째 기록이 제일 빠르게 나올 것 같다. 체력도 없으니까 두 번째, 세 번째 뛸 때는 지칠 테고.

결승점 근처에서는 내 파트너가 된 데구치가 스톱워치를 든 채 기다리고 있었다.

출석번호 순으로 다섯 명이 나란히 섰고, 삑, 호루라기를 불자 뛰어가기 시작했다.

나는 다음 조다. 준비를 하고 있자니 결승점 근처에 있던 후시미가 손을 흔들고 있었다.

나도 손을 들어서 인사 정도로만 반응을 보였다.

아니, 사실은 나한테 한 게 아닐지도 모르겠다.

"후시미 양이 나에게 손을 흔들고 있어……."

"아니, 너에게 흔드는 게 아니야. 나라고."

"그만 싸워라, 너희 뒤에 있는 나한테 흔드는 거거든."

"결승점에 들어간 순간에 끌어안아야지."

"소인을 응원하고 있소이다."

중간에 사무라이가 한 명 껴 있는 것 같은데?

"료는 제대로 뛸 수 있나요?"

옆에서 차례를 기다리고 있던 히메지가 물었다.

"뭐야, 제대로 뛸 수 있냐니. 뛰기야 뛸 수 있지."

빠를지 어떨지는 별개로 치고.

"그럼 승부하실래요? 그냥 뛰기만 하면 재미가 없잖아요. 이기는 쪽에게 진 쪽이 식당의 푸딩을 쏘는 건 어떨까요?"

식당의 푸딩———.

기성품이 아니라 식당 오리지널 수제 푸딩이고, 꽤 맛있다.

초등학교 때는 히메지와 좋은 승부를 벌였던 적이 있었지.

"좋아. 하자."

"후회하지 말도록 해요, 료."

히메지는 생각보다 자신만만했다.

나는 간단히 승부를 받아들인 것을 벌써부터 후회하기 시작했다. 무대 연습에는 체력도 필요하다고 마츠다 씨가 말했던 것 같은데⋯⋯.

출발 위치에 서자 선생님이 '준비~'라고 호령하는 목소리가 들렸고, 호루라기를 불었다.

얼마 만일까. 전력질주하는 게.

눈가로 낯익은 풍경이 점점 흘러갔다. 내 거친 호흡과 바람 소리가 잘 들렸다. 빠른 남자와는 몇 미터 떨어지긴 했지만, 결승점에 들어갔을 때 조 안에서는 2등이었다.

"타카양, 그럭저럭 빠른데."

허억, 허억, 어깨를 들썩이며 숨을 쉬고 있자니 곁으로 다가온 데구치가 기록을 보여주었다.

떠 있는 기록은 13초 중반. 오오. 의외로 괜찮은데.

"꺄아아악?!"

후시미의 고양이 같은 비명이 들리길래 그쪽을 보니 남자 한 명이 여자 여러 명에게 두들겨 맞고 있었다.

"어? 뭐야?"

그렇게 묻자 처음부터 끝까지 보고 있었던 상황을 데구치가 가르쳐 주었다.

"반쯤 장난으로 결승점에 들어온 뒤에 후시미 양을 끌어안으려

다가 다른 여자애들에게 가로막혔고, 지금은 저렇게 되었지.”

“아…….”

진짜로 하진 말았어야지.

“후시미 양에게 다가가려 해서 죄송합니다아아아아아!”

까불대는 캐릭터인 남자애가 퍽퍽, 여자애들에게 걷어차이고 있다.

“어쩌면 저걸 노리고 범행을 저질렀을 가능성이.”

데구치가 설명해 주었지만, 너무 삐뚤어진 성벽이라 나는 이해할 수가 없다.

“후시미 양이 나한테 손을 흔들었잖아.”

“그, 그건, 저기. 료……, 료 군에게 흔든 거야!”

후시미가 부끄러운 듯이 큰 목소리로 외친 뒤 쑥스러워졌는지 휘잉~, 뛰어서 도망쳤다.

여러 시선이 내게 쏠렸다.

“““소꿉친구는 강하군…….”””

어떤 반응을 보여야 할지 모르겠다.

“헤이헤이, 료 군, 헤이헤이.”

곤란해하던 나를 다른 남자들이 료 군이라 부르며 싱글싱글 놀려댔다.

“반장에 감독까지 맡으면서 타카야도 사랑받게 되었구나.”

데구치가 절실하게 말했다.

사랑받는 거야? 이게?

측정 담당을 교대한 다음, 데구치가 건너편으로 갔다. 숨을 고르는 동안에 남자들 첫 번째 측정이 끝나고 여자들 차례가 되었다.

몇 조가 측정을 마치고 토리고에네 조 차례.

"시이! 힘내~!"

어느새 돌아와 있던 후시미가 응원하자 토리고에가 거부하는 듯이 손을 흔들었다.

"돼, 됐어. 아니, 응원 같은 건 안 해도 돼."

부끄러워서 그런지, 곤란해서 그런지, 토리고에의 얼굴이 빨개졌다.

호루라기를 불자 토리고에가 뛰기 시작했다.

못할 것 같긴 했는데, 상상했던 것보다 더 못하는 것 같았다.

허둥지둥, 토리고에는 어딘가로 서두르는 것처럼 달리고 있었다. 토리고에 본인과는 달리 애교가 있는 움직임이라 그런지 보고 있는 쪽에서는 놀리지도 않고, 웃지도 않고, 훈훈하게 지켜보고 있었다.

"저거 달리는 거 너무 귀엽지 않아?"

"토리고에 양, 갭이 엄청나네."

"내 취향을 저격하시는데……."

무슨 말인지는 알겠다.

필사적인 느낌이 제대로 전달돼서, 평소의 토리고에로부터는 상상이 안 되는 갭이 느껴졌다.

거친 숨을 고르는 토리고에에게 후시미가 스톱워치를 건넸다. 후시미가 출발 지점으로 가자 토리고에가 이쪽으로 다가왔다.

"……웃었지."

"안 웃었는데."

"거짓말."

"그런 거짓말을 할 이유가 없잖아."

"그야 그렇지만."

토리고에가 그렇게 말하며 그 자리에 앉았다.

"초등학생 때, 이상하게 달린다고 남자애들이 엄청 웃어댔으니까."

"올바른 방식은 아니었지만, 토리고에다운 느낌이라 괜찮았어."

"나다운 느낌이 뭔데?"

삑, 호루라기 소리가 울리자 여자애들 몇 명이 이쪽으로 전력 질주했다.

"이러쿵저러쿵하면서도 성실하고 필사적으로 노력하는 점."

"……."

웅크리고 앉아서 무릎에 볼을 기댄 토리고에가 조용히 중얼거렸다.

"나는 스스로 그렇게 생각 안 하지만……. 잘 보고 있구나, 나를."

나를 보는 눈이 약간 웃는 것처럼 보였기에, 왠지 모르겠지만 무심코 눈을 돌려버렸다.

그런가? 그런 건, 가……?

다시 호루라기 소리가 들리자 어느새 히메지네 조가 출발했다.

히메지는 역시 그림이 된다.

체육복도 어울리고, 뛰는 모습에도, 진지한 표정에도, 알아보기 쉬운 화려함이 있다.

"엄청나게 흔들리는————."

"야, 더 이상 말하지 마. 여자애들에게 두들겨 맞을 거라고."

몸매도 좋기에 그 미모를 칭찬하는 남자애들의 목소리도 들렸다.

수영 수업이 있다면 구경꾼들이 잔뜩 몰려들 것 같다.

"료, 기록은 어땠나요?"

숨을 고르고 시원스러운 표정을 지은 히메지가 으스대는 표정으로 다가왔다.

저건 자신이 있는 표정이다.

"나는 13초 65."

"뭐라고요……, 료 주제에……!"

끄으으, 히메지가 그렇게 말하며 단정한 얼굴에 주름살을 드러냈다. 반응으로 보아하니 내가 더 빨랐던 모양이다.

"공부로도 내 승리. 100미터 달리기로도 내 승리인가. 자신만만하더니, 히메지도 별것 아니네."

"아, 아직이에요. 아직 두 번이 더 남았으니까요."

"열심히 해보게나."

"그렇게 내려다본 걸 10분 뒤에 후회하게 해드리죠!"

도발 내성이 0인 히메지는 완전히 불쾌한 듯이 코웃음 치며 등을 돌리고 떠나갔다.

"히메지에게는 그렇게 들이대기도 한단 말이지, 타카모리 군."

"예전부터 알고 지냈으니까, 진짜로 화를 내지 않는 범위에서 도발하고 있거든."

저 녀석도 나름대로 계속 내게 기세를 제압하려 들기 때문에 언젠가 되갚아 주겠다는 마음이 생기는 것 같다.

참고로 후시미는 가볍게 달리는 모습을 보이며 여자애들 중에서는 제일 빨랐던 모양이다.

그렇게 모두가 100미터 달리기를 세 번씩 했다.

예상대로 내 제일 빠른 기록은 첫 번째였다. 두 번째부터는 늘어져서 기록이 형편없었다.

히메지와의 승부에서는 내가 이겼기에 다음에 식당 푸딩을 얻어먹기로 했다.

"뭐, 100엔짜리 푸딩 따위는 제 재정 상황을 감안하면 아무것도 아니니까요."

히메지는 그렇게 부잣집 아가씨처럼 변명을 늘어놓았다.

수업이 끝나자 해산하게 되었지만, 나는 후시미와 정리를 해야만 한다.

학급 임원의 이익은 얼굴하고 이름을 잘 기억해준다는 것밖에 없단 말이지…….

나는 원뿔 몇 개를 위로 겹쳐서 들어 올렸다. 후시미는 스톱워치를 넣은 상자를 들고 둘이서 체육 창고로 향했다.

"료 군, 무겁지 않아?"

"무겁긴 한데, 못 들 정도는 아니라서."

"나는 가벼운 걸 들고 있어서 좀 미안하거든."

"그럼, 교대할까?"

"원뿔을 부탁드릴게요~."

"결국 싫은 거네."

내가 그렇게 말하자 후시미가 후후후, 웃었다.

"힘내라, 힘내라, 료 군, 힘내라~."

마디를 구분해서 노래하듯 나를 응원하는 후시미.

"이상한 노래 부르지 마."

"응원해주는 건데~?"

"평범하게 응원해주라고."

한숨 섞인 목소리로 말하자 후시미가 쑥스러운 듯이 웃었다.

힘내라는 말을 듣고 기분이 나쁠 리는 없다. 아니, 힘내야 할 정도로 무겁지도 않았다.

서늘한 체육 창고로 들어가서 영차, 원뿔을 원래 있던 곳에 돌려놓고는 손을 탁탁 두드렸다.

"고생했어."

"아니야."

후시미가 치하해주자 어깨를 으쓱하며 대답했다.

"아, 맞다. 참지 못하고 시이에게 료 군의 영화에 대해서 물어봤더니……."

"무, 물어봤더니?"

내가 없는 곳에서는 다른 말을 했을 가능성이———.

다른 사람도 아니고 토리고에가 그런 말을 할 리가…….

아니, 여자애는 모르지. 겉과 속이 다른 말을 했을 수도———.

후시미가 내 진지한 표정을 바라보며 실룩실룩, 입가를 일그러뜨렸다.

"뭐, 뭐야, 말해달라고."

"료 군, 혹시나 상처를 받을지도 모르니까……."

토리고에가 그런 말을? 내게 직접 하지 않고 후시미에게……?

그 말만으로도 이미 상처받아버린 나는 멘탈이 사탕 장식처럼 허약한 거겠지…….

"그, 그렇구나……."

다리에 힘이 풀린 나는 비틀거리며 구석에 있던 낡은 뜀틀에 앉았다.

시야가 회색으로 바뀌기 시작했다.

"앗~, 앗~, 아니야! 아니야! 미안해, 이상하게 말해서."

내 상태가 이상하다는 걸 눈치챈 후시미가 허둥대며 계속 말했다.

"시이가 칭찬했어. 그렇게 짧은 기간 만에 대단하다고."

"토리고에는 착한 녀석이니까, 나를 신경 써서 칭찬했을 가능성이……."

"료, 료 군이 골치 아픈 모드에 들어갔어?!"

눈을 동그랗게 뜨며 놀란 후시미가 이쪽으로 다가와서는 내 양쪽 볼을 자신의 두 손으로 감쌌다.

"뭐, 뭐 하는 거야."

손바닥을 통해 후시미의 체온이 느껴졌다.

후시미는 가만히 내 눈을 들여다보았다.

"내가 출연하고, 료 군이 찍었잖아? 재미없을 리가 없지."

히메지와는 다른 방식으로 넘쳐나는 자신감과 해바라기처럼 티 없이 밝은 미소.

"나와 료 군이 한데 뭉치면 최강이야."

"그게 뭐야."

근거 같은 건 전혀 없는 그 자신감에 나는 무심코 웃어버렸다.

"료 군이 웃었으니까 내가 이겼네~."

"그런 승부를 한 적은 없는데."

후시미가 신이 난 듯이 어깨를 들썩였다.

하나밖에 없는 작은 창문을 통해 빛이 스며들고 있었다. 그 때문인지, 구석에 있던 우리 주위가 더욱 어둡게 느껴졌다.

드르륵, 소리가 들리며 출입구의 문이 닫혔다.

""어.""

우리는 무심코 목소리를 냈다.

누군가가 장난을 친 건가? 별생각 없이———.

목소리를 내려고 했을 때, 곧바로 철컥, 소리가 들렸다.

"료 군, 방금 철컥, 하고……."

"문을 잠그다니, 그럴 리는 없겠지."

나는 조심조심 다가가 힘을 꽉 주고 문손잡이에 몸무게를 실었다.

철컹 소리만 날 뿐, 꿈쩍도 하지 않았다.

다, 닫혔어?!

몇 번이나 시도해 보았지만, 전혀 움직이지 않는다.

"료 군, 안 열려……?"

뒤쪽을 힐끔 보자 후시미가 울상을 짓고 있었다.

"우리 갇혀버린 거야……?"

"그런 것 같네."

"어, 어떻게 해애애애애애애! 다음 수업에 늦을 거야아아아아아아아아아!"

"모범생이냐. 포기하라고. 수업 정도는."

"학급 임원인데!"

"한 과목 정도는 없어도 문제는 없을 텐데."

흐엥……, 후시미는 눈물을 흘리지 않으면서도 무너지기 직전인 댐처럼 눈동자를 일렁이고 있었다.

반쯤 패닉 상태인 것 같다. 내가 진정시켜줘야지.

나는 언젠가 후시미가 좋아한다고 했던 등을 쓰다듬어 주는 움직임———, 쓰담쓰담을 실행했다.

"괜찮아, 괜찮아, 다음 수업이 체육인 반인 녀석이 여기를 열어줄 거라고."

훌쩍, 코로 소리를 내는 후시미.

"그런, 가……?"

"그래, 그래. 계속 갇혀 있을 일은 없을 거라고."

좋아. 차분해지기 시작했구나.

브래지어 끈에 닿지 않게끔 조심하며 후시미의 등을 쓰다듬었다.

…………?

아니, 그 선이 없는 것 같은데.

"휴대폰은 가방 안에 있으니까 다른 사람에게 연락할 수도 없네."

"그래, 그러게."

후시미의 등 쪽 상황이 신경 쓰여서 나도 모르게 건성으로 대답해버렸다.

확인하기 위해 천천히 만져보았지만, 브래지어뿐만이 아니라 다른 의류의 감촉도 느껴지지 않았다.

서, 설마……, 후시미, 체육복 안에, 아무것도 안 입은 거 아닌가?

내 소꿉친구는 왜 아무것도 안 입은 거지?

"료 군은 폰 안 가져왔지?"

"아무리 나라도 옷을 갈아입은 뒤에 폰을 가지고 오진 않지."

그러게, 라며 토끼라면 귀가 축 늘어질 것 같은 반응을 보이는 후시미.

"아, 저기로 부르면 누군가가 알아차릴지도 몰라!"

그녀가 손가락으로 가리킨 곳은 유일한 창문이었다. 2미터 정도 높이에 있었고, 여닫지 못하게 창살이 달려 있기에 사람이 지나갈 만한 창문은 아니었다.

"부르다니……."

나는 부지 안의 지도를 머릿속에 떠올렸다.

이 체육 창고는 운동장 구석에 있다. 근처에 있는 건 멀리뛰기용 모래판 정도밖에 없고, 학교 건물이나 클럽활동 건물과도 떨어져 있다. 체육 수업에 참가한 학생이나 선생님이 아니라면 여기에 올 일이 없다.

"아무리 그래도 안 들릴 것 같은데."

"제게 생각이 있답니다."

"어."

창문을 향해 큰 소리로 외쳐봤자 체육 창고 밖에는 거의 들리지 않을 것이다.

어흠, 후시미가 무언가를 발표하기 전처럼 헛기침을 했다.

"합체하겠어요."

"뭐어?!"

진지한 표정이다.

이, 이 녀석, 밖에 무슨 소릴 들려줄 셈인데.

"그래서 노브라였어?"

"어? 어떻게?! 어떻게 알았어?!"

얼굴을 붉게 물들인 후시미가 가슴을 가리려는 듯이 팔로 몸을 감쌌다.

"등을 쓰다듬던 감촉으로…….."

"료 군, 변태! 변태변태변태변태변태변태변태변태."

"그건 너지. 갑자기 무슨 합체야!"

"아, 아니야아아아! 목말 이야기한 건데!"

그런 거면 그렇게 말하라고…….

안심한 나는 숨을 크게 내쉬었다.

후시미 이야기를 자세히 들어보니 목말을 하면 창문에 얼굴을 가까이 댈 수 있으니 그곳을 통해 부르겠다는 작전인 모양이었다.

"이대로 아무것도 안 하는 것보다는 나으려나."

작전을 이해한 나는 어깨 더비로 다리를 벌리고 서 있던 후시미에게 목말을 태워주었다.

"우왓. 높아! 료 군, 이거 봐! 천장에 손이!"

후시미는 신이 나서 천장을 찰싹찰싹 때리고 있었다.

"놀고 있을 때냐."

"아, 미안해. 무겁지."

"그런 게 아니라……."

후시미의 어깨를 두 손으로 누르고 있던 내 얼굴 오른쪽에도, 왼쪽에도 허벅지가 있다. 이 소꿉친구는 달리기 불편하다면서 반바지 끄트머리를 위쪽으로 걷어올린 상태였다.

앞만 볼 수 있는 나는 천천히 창문 쪽으로 다가갔다.

"……후시미 양, 설마 아래쪽도 안 입고 있는 건……."

"아, 아무리 그래도 팬티는 입었거든!"

실례잖아, 라며 후시미가 두 손으로 내 머리를 때렸다.

"위쪽은 왜 벗은 건데."

"가벼워지면 더 빨리 달릴 수 있을 것 같아서."

체육 시간에 하는 100미터 달리기일 뿐인데 그런 마음가짐으로 도전하지 말라고.

기록이 좋게 나와봤자 얻을 건 별로 없잖아.

그런 생각이 들었지만 뭐든지 열심히 하겠다는 신조를 지닌 후시미에게 그런 말을 할 순 없었기에 나는 '그렇긴 하지~'라며 적당히 대답했다.

작은 창문과의 거리를 확인하기 위해 위쪽을 힐끔 보자 납작한 후시미의 몸통이 있었고, 그 위에는 진지한 후시미의 얼굴이 있었다. 히메지 같은 사람은 얼굴이 안 보이려나, 머리 한구석에 그런 생각이 들었다.

후시미가 창살을 꽉 잡았다.

"거기 누구~~~~! 없어요오~~~~? 헤엘프으!"

도움을 요청하는 후시미에 이어 나도 소리쳤다.

"거기 누구―― 없나요――. 후시미, 사람 안 보여?"

"전혀 없어."

그렇겠지…….

"최악의 경우에는 클럽활동이 시작될 때까지 이 상태일지도 몰라."

"그, 그러면 안 되는데."

"나도 그래도 된다는 건 아니야."

발끝으로 무언가를 밟았다. 발치를 보니 그곳에는 이미 사용한 것 같은, 야한 걸 할 때 쓰는 에티켓이 떨어져 있었다.

어째서?! 아, 그러고 보니 데구치가 말해줬었지…….

가끔 이곳을 합체 장소로 쓰기도 한다고.

아무래도 그 이야기가 사실이었던 모양이다.

여기에 틀어박혀 있었다는 걸 누군가가 알게 된다면 나와 후시미가―――.

나는 망상을 떨쳐내려는 듯이 고개를 마구 저었다.

"―――거기 누구~!"

"잠깐만, 스톱, 후시미!"

"어? 어째서?"

"바람직하지 못한 상황이 발생했어."

"이미 바람직하지 못해."

"그렇긴 한데, 이건 그것보다 더 위험해. 이거, 이거."

나는 그녀가 눈치챌 수 있게끔 발끝으로 쿡쿡 찔러댔다.

"? ……료, 료 군, 이런 상황에 무슨 짓을 하는 거야!"

"내 거 아니라고!"

"오늘 료 군은 이상해! 야하잖아!"

후시미가 꺅꺅대며 날뛰었기에 비틀거리다 균형을 잃을 뻔했다.

"노브라가 그런 걸 따질 처지야?"

"나는 야하지 않다고."

"그러니까———, 날뛰지 말라고!"

쓰러질 뻔한 걸 막는 데도 한계가 있었다.

"으엇———."

"꺄아악?!"

높이뛰기용 매트가 눈에 들어왔기에 겨우 그쪽으로 방향을 틀어서 쓰러졌다.

"끄으……?!"

"괜찮아?"

그렇게 물어보았을 때, 철컥, 소리가 들리며 문이 열렸다.

"괜찮아요? 료, 히나!"

"타카모리 군, 히이나, 괜찮아?!"

거기 있던 것은 히메지와 토리고에였다.

열렸다……, 다행이야.

안심하고 있자니 좀 전까지 걱정스러워 보이던 두 사람의 표정이 험악하게 바뀌었다.

"뭐 하고 있는 건가요……."

"뭐냐니, 갇혀 있었는데."

나는 잡고 있었던 후시미의 다리를 놓았다.

"타카모리 군이 히이나의 다리에 키스하고 있어."

"안 했어! 야, 후시미도 설명해 줘."

후시미의 얼굴을 들여다보니 정신을 잃은 것 같았다.

이런──.

"“…….”"

서로 눈을 마주 본 두 사람이 체육 창고 밖으로 나가자, 문이 다시 닫힌 뒤 잠겼다.

"이봐아아아아아아아아아아아아아아아?! 왜 닫는 건데!"

"계속 돌아오지 않아서 걱정했는데! 대체 무슨 짓을 하고 있었던 건데요!"

"도움을 요청하려고 목말을 했다가 균형을 잃은 거라고!"

"변태 다리 성애자맨."

"이상한 별명 붙이지 마!"

그렇게 문 건너편을 향해 변명을 하면서 겨우 열어달라고 한 뒤에 나와 후시미는 무사히 구출되었다.

"히이나, 왜 위에는 체육복만 입었어……?"

"저기, 그게……, 아하하……."

Illustrations copyright © Fly

말끝을 흐리며 웃었기에 토리고에와 히메지의 날카로운 시선이 이쪽을 향했다.

"겨우 10분 정도였는데……. 짐승이네요."

"괴인 브라 벗기기맨."

"나는 아무 짓도 안 했다고……."

내가 설명하고 있자니 후시미도 나서서 보충해주었기에 겨우 두 사람의 오해가 풀렸다.

두 사람은 나와 후시미가 계속 돌아오지 않아서 탈의실에 가 보니 교복이 그대로 남아있었기에 걱정되어서 찾으러 와주었다고 했다.

이럴 줄 알았다면 쓸데없는 짓 하지 말고 기다릴 걸 그랬네…….

③ 연락

　어느 날 저녁쯤. 학교에서 돌아온 나는 학교 축제용 영화 편집을 하고 있었다.

　영상만 놓고 보면 공정이 7할 정도 진행되었다고 해야 할까.

　음악 담당 멤버들에게서도 조금씩 BGM용 곡이 들어오고 있었기에 오늘 안으로 작업이 끝날 것 같다.

　끝까지 전체적으로 볼 수 있게 편집을 한 뒤에도 아마 다시 자잘한 편집이나 수정 작업이 있을 것이다.

　노트북을 바라보고 있자니 메일 한 통이 왔다.

　PC용 메일 주소로 메일이 오는 경우는 별로 없는데.

　스팸 메일 같은 거겠지.

　이상한 파일이 첨부되어 있다면 열지 않고 바로 휴지통에…….

　그런 생각을 하며 메일함으로 가보니 미확인 메일을 보낸 사람이 'SHINOH 시네마즈 학생 영화 컴피티션 운영 사무국'으로 되어 있었다.

　"……."

　아무리 그래도 사기 메일은 아닐 것 같다. 일단 짐작되는 것도 있고.

　제목은 '쇼트 필름 부문에 응모해주신 작품에 대하여'라고 나와 있었다.

설마, 내가 뭔가 응모 규칙을 어긴 건 아니겠지?

기분 나쁜 예감이 드는 와중에 메일을 열고 확인해보았다.

보통 고등학생인 내가 볼 일은 별로 없을 만큼 딱딱한 인사부터 응모해줘서 고맙다는 느낌의 정형문이 이어졌다.

척 보기에는 내가 뭔가 실수를 한 것 같은 느낌은 아니었다.

네 영화, 엄청 재미있더라! 그런 감상인 것도 아니었고, 담담하고 수수하며 사업적인 내용이 적혀 있는 와중에 한 곳에 눈길이 갔다.

『귀하의 작품, '푸른 여름'에 특별상을 수여합니다.』

"콜록. 커헉?!"

뭐? 무심코 사레가 들려버렸다.

괜찮은 제목이 생각나지 않아서 적당히 붙인 제목이 적혀 있었다.

"특별사앙? 이거 수신인 내 이메일 맞지? 이 제목도 내가 적당히 붙인 거 맞고……."

노트북을 일단 덮었다.

자리에서 일어나 사기일 가능성을 생각해 보았다.

'그런 관계로 10만 엔을 지정된 계좌로———'같은 내용은 없었다.

그럼, 사기가 아닌가?

"……뭐?"

머릿속을 다시 한번 정리하며 잘 생각해 보았지만, 역시 입에서 나온 말은 '뭐?'였다.

딸깍, 닫았던 노트북을 다시 펼쳐서 문장을 확인해보니.

『상금을 입금해드릴 예정이오니 은행 이름, 계좌 번호, 성함 등 필요한 사항을 기입하여 답장해 주시길 바랍니다.』

그렇게 적혀 있었다. 문의 사항이 있다면 운영 사무국으로 연락을 달라고도 적혀 있다.

오히려 입금을 해주겠다고⋯⋯?

상금⋯⋯, 특별상이 얼마였지? 손 근처에 있던 휴대폰으로 공식 홈페이지에 가보니 1만 엔이었다.

내가 찍은 영상이 돈으로 바뀐다는 건 약간 신기한 느낌이 들었다.

"응모했던 게 나밖에 없었던 건가?"

공식 홈페이지와 메일을 번갈아 가며, 구석구석 읽어나갔다.

그 메일은 내정 통지인 모양인지, 공식으로는 아직 발효하지 않았기에 월말에 발표할 때까지 SNS 등으로 그 사실을 알리지 말라고 되어 있었다.

엄청난 비밀을 떠맡은 느낌인데.

말하고 싶어⋯⋯.

"오빠야? 다녀왔다고 했잖아! 왜 무시하는 건데?"

불쾌한 듯한 마나의 쿵쿵대는 발소리가 이쪽을 향해 다가왔다.

"어서 와, 라고 해야지~!"

방에 들어오자마자 마나가 대답을 하지 않았던 나를 다그쳤다.

"아, 응. 어서 와."

"⋯⋯왜 그래? 뭔가 상태가 이상한데."

"평범한데. 평범하다고. 오빠야는 평소 그대로야."

으음? 하며 고개를 갸웃거리던 마나가 '야한 동영상이라도 보고 있었어?'라며 노트북 화면을 들여다보았다.

"으앗?! 멋대로 보지 마."

어깨를 잡고 밀어내려 했지만, 마나의 힘이 생각보다 세서 내 손을 쉽사리 뿌리쳤다.

"어. 어. 오빠야, 이거, 대체……."

마나는 화면 안으로 들어갈 듯이 빤히 바라보고 있었다.

읽었나. 읽어버렸나.

"저번에 응모했던 영화 말인데, 좀 전에 이 메일이 왔거든. 사기인지 아닌지 신중하게 생각하고 있었는데……, 진짜 같아, 이거."

털썩, 마나가 어깨에 걸치고 있었던 가방을 떨어뜨렸다.

"대단해애애애애애애애애애애! 장난 아니야아아아아아아아아아아아아아! 어어어어어어어어? 말도 안 되잖아아아아아아아아아아아아!"

찰싹, 찰싹, 찰싹, 찰싹, 마나가 내 어깨와 머리를 사정없이 때려댔다.

"아야야. 야, 그만해."

"특별사아아아아아아아앙! 대단해애애애애애애애애애애애애애애애애애!"

이번에는 내 어깨를 잡고 앞뒤로 있는 힘껏 흔들었다.

"너무 신났잖아. 진정하라고."

"오빠야도 시치미 떼지 말고 기뻐해! 대단한 거잖아!"

"시치미는 무슨! 실감이 안 든다고. 기쁘긴 하지만."

나는 뒤늦게 칭찬받는 게 쑥스러워져서 머리를 긁었다.

아, 하며 뭔가 생각난 듯한 마나가 휴대폰 카메라를 켜서 나와 함께 찰칵, 셀카를 한 장 찍었다.

"찍지 마."

"괜찮잖아. 기념인데. 이거, 나중에 SNS에 올려야지. 우리 오빠야가 진짜 최고라고."

마나가 손가락을 재빠르게 움직여서 어플에 올릴 내용을 입력하고 있었다.

"그만해애애애애애! 그러면 안 되는 모양이던데!"

"어~? 왜애? 여동생이 오빠 자랑을 하는 것뿐이잖아."

"월말에 발표하는 모양이라서. 그때까지는 비밀로 해야만 하는 것 같아."

"당일 정도에 연락해주면 될 것을. 이상하네~."

나도 그렇게 생각하긴 했는데, 원래 그런 거겠지. 그래도 이미 그 월말까지는 1주일 정도밖에 안 남았고, 금방 10월이다.

"저는 오빠야가 해낼 남자라고 생각했답니다. 에헴."

마나가 뽐내는 듯이 가슴을 폈다.

"정말이야?"

무심코 미소가 드리웠다.

여동생이 보기에는 내가 별 볼 일 없는 오빠일 거라면서 약간 열등감 같은 걸 느끼고 있었는데, 그것도 오늘 씻어낸 것 같다.

"다른 사람은? 나 말고 다른 사람에게 말했어?"

"아직. 말해도 되는 건지 그것도 잘 모르겠어서."

하지만, 후시미와 토리고에게는 말해도 괜찮을 것이다. 마나처럼 SNS를 엄청 하는 것도 아니고, 일부러 누군가에게 말할 타입도 아니다.

"그렇구나, 그렇구나. 내가 1등이구나아~. <u>으흐흐</u>."

기뻐하던 마나가 문득 생각난 듯이 물었다.

"누구에게 먼저 말할 거야? 시즈하고 히나."

"후시미, 려나? 내일 후시미를 먼저 만날 테니까."

"……시즈에게는 연락해주면 되잖아."

"어?"

뭐, 그것도 그렇지. 만나서 말해야만 한다는 법도 없고.

"오빠야. 오늘 먹고 싶은 거 있어? 좋아하는 거 해줄게."

"카레."

"네에~."

마나는 짧은 치마를 펄럭이며 돌아서서 교복 차림인 채 1층으로 내려갔다. 철컹, 밖에서 소리가 난 걸 보니 자전거를 타고 장을 보러 간 모양이었다.

나는 곧바로 토리고에게 메시지를 보냈다.

『아직 공식 발표가 된 건 아닌데.』

다음 메시지를 입력하던 동안에 읽음 표시가 떴고, 답장이 왔다.

『뭐가? 무슨 발매 정보?』

『그게 아니라. 잘 모르겠지만, 저번에 응모했던 영화, 상을 받은 것 같아.』

다시 금방 읽음 표시가 떴고, 휴대폰이 착신음을 울렸다.

토리고에가 전화를 걸었다.

"여보세요."

『여여여여보, 세.』

"토리고에, 진정해."

『어? 뭐야? 몰래 카메라? 그, 그런 거, 하지 마.』

"진짜라니까. 아니, 진짜라고."

매우 진지한 목소리로 두 번 말하자 토리고에가 그제야 믿어주었다.

『나하고 의논해서 만들었던 각본으로 찍은, 그거?』

"응. 고마워. 같이 의논해줘서. 그 덕분이야."

『아니야. 그렇지 않아. 타카모리 군의, 재능? 그런 거지!』

신기하게 토리고에도 흥분한 것 같았다.

재능, 이라……. 그런가?

이러쿵저러쿵 의논하던 여름방학의 추억에 대해 잠깐 이야기한 다음, 아직 공표할 수 없다는 걸 말하고 통화를 마쳤다.

내가 후시미의 매력을 끌어낼 수 있었다고 해도 되려나.

그럴 수 있었다.

아마 이 결과는 그 증거고…….

머릿속으로 요인을 생각하다 보니 점차 결과를 받아들이게 되었다.

나는 방에서 주먹을 쥐었다.

다음 날 아침이었다.

띵동! 띵동! 띵동! 초인종이 연달아 울렸기에 늦잠을 자던 나도 깨어났다.

"이렇게 울리는 걸 보니."

슬리퍼 소리를 내며 복도를 걸어가 현관문을 열었다.

거기에는 예상대로 히메지가 있었다.

"료!"

"뭐야, 이렇게 이른 아침부터."

흐암, 나는 하품을 한 번 했다.

"좀 전에 저 앞에서 마나를 만나서 들었어요!"

"뭘."

"영화 말이에요!"

히메지는 흥분한 듯이 대답했다.

마나, 이 녀석……, 친한 녀석에게는 전부 말하고 다닐 셈이구나? 나중에 다짐을 받아둬야겠어.

"아, 그거 말이구나."

"무슨 시치미를 떼는 건가요? '아, 그거 말이구나'는 무슨!"

"딱히 시치미를 떼려는 건 아니야. 나는 자다가 방금 깼다고."

이른 아침이라 머리가 아직 잘 돌아가지 않을 뿐이라고.

보아하니 우연히 만난 마나에게 그 이야기를 듣고 우리 집까지 온 모양이었다.

"아무튼, 축하드려요."

고마워, 라고 남 일인 것처럼 살짝 인사했다.

"아. 아이도 있네."

히메지 뒤에서 나타난 후시미가 고개를 내밀었다.

"료 군, 좋은 아침이야."

"좋은 아침."

"히나도 마나에게 들었나요?"

"뭘?"

힐끔, 히메지가 그렇게 설명하라는 듯한 눈빛으로 내게 신호를 보냈다.

"아, 저기, 아직 비밀이긴 한데―――, 후시미가 출연해준 단편 영화, 상을 받은 것 같아."

"……."

후시미가 진지한 표정을 지으며 굳었다.

"그게 무슨 뜻이야?"

"말 그대로. 특별상, 받았어. ……고마워, 출연해줘서."

어제부터 말해야만 한다고 생각했던 고맙다는 인사를 하자, 후시미가 히메지를 밀쳐내고 안으로 들어왔다.

"해냈구나! 료 군!"

"내 힘이라고 해야 하나, 후시미 덕분이기도 해."

"내가 아니라 료 군이야. 찍은 것도, 늦지 않게 완성시킨 것도! 전부 료 군이잖아! 노력을 인정받은 거라고!"

"그러니까, 나 혼자만 한 게 아니라……."

토리고에도, 그렇게 말하려 하자.

"나와 료 군의 대승리야!"

단숨에 신이 한계치까지 난 후시미가 나를 꽉 끌어안았다.

"대단해, 대단하다고, 대단해!"

후시미가 품속에서 천진난만하게 기뻐했다.

마나도 그랬고, 토리고에도, 히메지도, 후시미도, 그 결과를 매우 기뻐해주고 있다.

그 표정을 본 것만으로도 노력한 보람이 있는 것 같았다.

기뻐하는 모습을 보니 나도 기쁘다.

"자, 잠깐만요———, 떨어져 주세요———!"

히메지가 끄으으응, 하는 소리를 내며 뒤에서 후시미를 떼어놓기 위해 어깨를 잡고 힘을 주었다.

"뭐 하는 거야, 아이. 지금은 승리의 여운을 즐기고 있는데."

"끌어안을 필요는 없잖아요!"

히메지가 마치 권투 심판처럼 한쪽 다리를 나와 히메지 사이에 끼워 넣고는 억지로 끼어들자 그제야 후시미가 물러나 주었다.

"잠깐 정도는 괜찮잖아. 아이도 료 군이 찍어줬었지?"

후시미가 투덜거리며 입술을 삐죽댔다.

"그건, 둘 다 일이었으니까요."

일이라는 단어를 매우 강조하는 히메지.

머리카락을 손가락으로 쓸어올린 다음, 흥, 코웃음 쳤다.

이거, 제대로 기선제압인데.

움찔움찔, 후시미의 볼이 들썩이고 있다.

역시 서로에 대해서는 도발 내성이 0이란 말이지…….

"반대로 말하면, 아이는 연기가 좀 그러니까 일이 아니면 안 찍어주는 거잖아."

푸흡, 후시미가 놀리듯이 웃었다.

"일이 전혀 없는 히나는 한가한 청춘을 보내고 계셔서 좋겠네요~. 저는 무대 연습을 하고 학교 수업을 듣느라 너무 바빠서 놀 시간도 없으니까요."

후시미의 입술이 부들부들 떨렸다.

"그렇게 금방 찍어 누르다니, 아이, 성격 너무 나쁜 거 아니야?! 그래선 팬이 안 생긴다고!"

"실력의 세계에 성격 같은 건 상관없어요. 꼬리 내린 개가 오늘도 잘 짖어대네요."

으르릉, 두 사람이 서로 노려보는 와중에 이번에는 내가 중간에 끼어들었다.

"밖에서 싸워———! 나는 학교 갈 준비를 전혀 못 했다고!"

나는 두 사람을 쫓아내고 현관문을 닫았다.

아직 잠옷 차림이다. 시계를 보니 귀중한 아침 중 10분을 허비해버린 모양이었다.

평소보다 3배 빠르게 준비를 하고 있자니 밖에서 두 사람이 말다툼하는 목소리가 들렸다.

그 두 사람은 오늘도 평소와 마찬가지였다.

학교로 가던 도중에 내가 두 사람에게 아직 공식 발표가 되지 않았기 때문에 비밀로 해달라고 하자 알겠다고 말해줬다.

이렇게까지 말했는데 만약에 착각이라면 어쩌지?

수상 연락 메일을 보고 안절부절못하거나 뭔가 착각한 거 아닐까? 그렇게 의심하는 동안 9월 30일을 맞이했다.

신기하게도 아침 일찍 일어난 나는 홈페이지를 열었다.

페이지는 이미 갱신되어 있었고, 그곳에는 각 부분의 수상작과 응모자의 이름이 기재되어 있었다. 그 밖에는 심사위원의 평가 코멘트도 있었다.

떨리는 손가락으로 '쇼트 필름 부분'을 터치해서 페이지를 살펴 보았다.

내 이름, 있지……?

곧바로 '타카모리 료'라는 이름을 찾아낼 수 있었다. 그 메일은 딱히 착각한 게 아니었고, 특별상 쪽에 제대로 제목과 본명이 기 재되어 있었다. 특별상 말고도 대상과 금상이 있어서 나 말고도 수 상자가 두 명 있었다. 총 응모수는 300 작품 정도였던 것 같았다.

심사위원의 평가를 조심조심 읽어보았다.

『학교를 무대로 삼아 매우 흔한 내용이긴 하지만, 그 자그마한 일상을 독자적인 관점으로 조명하였고, 그 부분이 좋은 인상을 남겼다. 다듬을 구석이 있긴 하지만 제작자의 의도, 센스가 확실 하게 느껴진다.』

치, 칭찬받았네.

처음 한 줄은 디스당했지만.

센스가 확실하게 느껴진다.

센스가 확실하게 느껴진다…….

센스가 확실하게 느껴진다………….

눈에 새겨진 그 부분을 머릿속으로 몇 번이나 되뇌였다.

잘 살펴보니 평가의 뒷부분도 있었다.

『주역의 좋은 연기도 빛났다. 작품의 단점을 보완하고도 남을 만했다.』

마지막으로 한 줄, 그렇게 적혀 있었다.

역시 후시미는 프로가 보기에도 대단했던 모양이다.

내가 스스로 생각해도 꽤 괜찮았던 것 아닐까, 그렇게 자화자찬했을 정도였다.

우연일지도 모르겠지만, 이번만큼은 후시미를 매력적으로 찍는 데 성공한 것이다.

"……."

연기자에 대해 언급한 건 내 작품뿐이었고, 대상이나 금상도 그쪽에 대해서는 아무런 내용이 없었다.

───작품의 단점을 보완하고도 남을 만했다.

내 소꿉친구는 무소속인 상태에서 무대 오디션에 참가하여 마지막까지 남을 정도의 미모와 능력을 지니고 있다.

이번에 응모한 다른 단편에 그렇게까지 대단한 연기자가 출연하진 못했을 것이다.

연기자의 매력을 비슷하게 이끌어 낼 수 있었다 하더라도, 내가 압도적으로 유리했을 것이다.

후시미를 이용하면 눈길을 끌 수 있고, 인상에도 남기 쉽다. 다른 작품의 연기자들과는 전혀 다르다.

후시미가 아니라 연극부 수준의 연기자였다면 낙선하지 않았을까.

그러니까 상을 받은 건 내가 아니라……, 후시미다.

짝짝짝———.

아침 HR 때 나는 반 친구들로부터 박수를 받고 있었다.

"아, 감사합니다, 감사합니다……."

이런 식으로 주목받는 경우가 없었기에 엄청나게 쑥스럽다.

"후시미지, 와카에게 말한 거."

아침 연락사항을 전달할 때, 와카가 프린트 한 장을 나누어주었다. 그 영화 콩쿠르의 공식 페이지. 내 수상을 알리기 위해 나누어준 것이었다.

"맞아. 공식 홈페이지를 보니 갱신되었길래, 이건 말해야겠다! 싶어서."

순진무구한 그 눈빛을 보고 나는 한숨을 쉬었다.

"쑥스럽다고, 진짜로."

"지금까지 학교 축제용 영화를 같이 찍었던 다른 친구들도 료 군의 실력을 알게 되어서 기뻐할 것 같은데? 실력을 제대로 갖춘 사람이 찍었구나~, 생각하면서."

그럴지도 모르겠지만, 내 타이밍에 맞게 말하고 싶었다.

……뭐, 나는 내 자랑을 일부러 하진 않으니까 잠자코 있었겠지만.

"타카양, 축하~!"

데구치가 씨익 웃으며 하얀 이를 드러내고는 엄지손가락을 치켜세웠다.

"감독님, 대단하네~."

"촬영 중에 지시하던 것도 괜찮은 느낌이었고."

"타카모리 군은 학급 임원이고, 과묵하긴 하지만 할 때는 하는 느낌인 캐릭터라 왠지 괜찮단 말이지."

웅성대던 교실 안이 내 화제로 가득 찼다.

쑥스럽긴 하지만, 기분이 나쁘진 않다.

수업 때 지목당해서 시선을 끄는 건 싫지만, 이런 이유라면 시선을 끄는 것도 나쁘지 않을 것 같다.

"어흠~, 어험~."

후시미가 주위를 위협하는 듯이, 고의적으로 헛기침을 했다.

"료 군이 해낼 거라는 건 제가 제일 잘 알고 있었어요. 예전부터 그랬답니다."

"고인물 어필이라니, 촌스럽네요……."

히메지가 어이없다는 듯이 조용히 중얼거렸다. 후시미는 그 말을 듣지 못했는지, 나를 사이에 두고 소규모 충돌이 발발하지는 않았다.

"마츠다 씨에게는 알렸나요?"

"오늘 아르바이트를 하는 날이니까, 그렇게 할까."

"그게 좋을 거예요. 마츠다 씨는 료를 은근히 높게 사고 있으니까 분명 매우 기뻐하겠죠. 신이 나서 키스를 할지도 모르겠네요."

한순간 상상하고 으엑, 소리를 내며 입술을 일그러뜨리자 히메지가 쿡쿡대며 웃었다.

"그래도, 심각한 사태네요……."

"뭐가."

"료를 보는 여자애들의 눈빛이 여름방학 전과는 전혀 달라요."

"그건 저도 느꼈답니다."

듣고 있었는지, 후시미가 이야기에 참가했다.

어느새 안경을 낀 채 마치 지식인처럼 인상을 쓰고 있는데.

"료 군은 감독, 이른바 현장의 리더로서 이것저것 지시를 내렸죠. 어찌 됐든, 실력이 있는 리더라는 건 여자들에게 엄청나게 인기가 있고요."

"그래?"

나는 이해가 되지 않아서 고개를 갸웃거렸다. 여름방학 중에 여자애들과 교류할 기회가 있었던 건 후시미, 히메지, 토리고에가 메인이었고, 다른 여자애들과는 딱히 그런 게 거의 없었다.

"히나가 한 말도 이해돼요. 제 생각에는 평소에 눈에 띄지 않다가 뛰어난 재주를 지니고 있다는 사실을 이해하기 쉬운 형태로 드러내 버린 것도 원인일 것 같네요……."

"일리가 있어요. 그리고 료 군은 벽창호지만, 기본적으로 착하고 자상하죠."

디스하는 건지, 칭찬하는 건지, 하나만 해달라고.

그리고 본인 앞에서 고찰하지는 말아줘.

"자, 자, 조용. 전교 집회가 있으니까 체육관으로 이동하도록."

드륵, 드륵, 의자를 당기는 소리가 들리며 모두가 일어섰다.

"아~! 타카모리, 부를 거야."

와카가 방금 생각난 듯이 나를 불러세웠다.

"네? 불러요?"

누가? 왜?

"교장 선생님이. 상에 대해서나 수상했다는 소식에 대해서, 이것저것 소개할 테니까."

"네에―――?!"

나, 나도 모르는 사이에 일이 커졌는데―――?!

후시미에게 이번 이야기를 들은 와카가 교무실에서 화제로 삼은 모양이다.

"기어코, 타카모리 군에 대해서, 들키겠어……."

토리고에가 씁쓸한 표정으로 중얼거렸다.

"옆자리에 있던 료 군이었는데, 단번에 전교에서 유명해진 료 군으로……. 나를 두고 먼 곳으로 가버려……."

우리 학교에서 지명도가 제일 높은 건 후시미, 너라고.

히메지가 집게손가락으로 내 가슴팍을 가리켰다.

"아직 우물 안 개구리라는 걸 자각하시라고요."

"히메지만큼은 엄하네."

"네. 만족하기에는 아직 이르니까요."

시원스러운 미소를 지은 히메지가 가자며 나를 재촉했다.

야심가라고 해야 하나, 향상심이 어지간한 고등학생 수준이 아니다.

체육관에 도착해서 평소처럼 전교 집회가 시작되자 와카가 말했던 대로 내 이름을 불렀고, 대답했다. 단상에 올라가지 않았던 게 다행이었다. 전교생의 시선에 노출되고 싶진 않았으니까.

교장 선생님은 내가 응모한 상에 대해 개요를 말한 다음, 수상했다는 소식을 전했다.

딱히 대단한 반응은 없이 HR 때처럼 박수를 받았다.

내가 주목받고 있긴 하지만, 평가에 나왔던 것처럼 후시미의 힘이 컸고 함께 의논해준 토리고에의 존재도 작지 않다.

혹시 자세히 물어보는 사람이 있다면 그런 점에 대해 확실하게 말해둘 생각이다.

전교 집회에서 돌아오자 같은 반과 다른 반에서 몇 명이 물어보러 왔다.

게다가 아침만 그런가 싶더니 수업이 끝날 때마다 방문자가 나타났다.

"나도 영화를 좋아해서."

연극부 여자애가 그렇게 말하며 다가오자 오른쪽 옆자리에 있던 후시미가 고오오오, 새까만 오라를 내뿜었다.

"아마 내가 더 좋아할 것 같은데~?"

그냥 화제일 뿐인데, 걸고 넘어지지 말라고.

"엄청 유행이나 따라가는 느낌이라고 해야 하나?"

"고인물 어필은 그만해."

모든 사람에게 잘 보이던 너는 어디 갔어? 각을 세우지 말라고.

단숨에 껄끄러워져서 그런지 여자애가 쓴웃음을 지으며 떠나갔다.

다른 여자애가 다가왔다.

"휴대폰으로 영상 찍고 있는데, 잘 찍는 방법 같은 거 있어~?"

SNS에 올릴 동영상을 찍는 법을 알고 싶은 것 같았다.

"아, 그렇게 어려운 건 아니야."

원래 마나를 위해서 동영상을 편집하다 보니 촬영에 흥미를 가지게 된 거니까.

내가 대답하려 하자, 왼쪽 옆자리에 있던 히메지가 고오오오 새까만 오라를 내뿜었다.

후시미와 같은 유파신가요?

"그런 걸 굳이 료에게 물어볼 필요가 있나요? 인터넷에 검색하면 얼마든지 나올 텐데."

대놓고 적대적이잖아.

"응? 뭐야, 기분 나쁘게."

"그냥 정론인 것 같은데요."

왜 시비를 거는 거냐고.

내가 무마하려 하자 그 애는 매우 기분이 상했는지 떠나갔다.

큭큭, 참는 듯한 웃음소리가 작게 들리길래 돌아보니 토리고에가 유쾌한 듯이 어깨를 들썩이고 있었다.

"웃을 거라면 토리고에도 말려주지."

"미안, 미안. 타카모리 군은 인기 없을 만도 하네. 풍신하고 뇌신이 좌우에 있으니까."

오른쪽에 앉은 풍신님께서는 교실 출입구를 힐끔거리면서 방문자가 또 오진 않는지 확인하고 있었다.

왼쪽에 앉은 뇌신님께서는 짜증 난다는 듯이 '아니, 지명도나 인기나 제가 료보다 압도적으로 높을 텐데요?'라며 투덜거리고 있었다.

미묘하게 창끝을 내게 들이대지 말라고.

"철벽 같아 보여서 안심했어."

토리고에는 그렇게 말하며 다시 웃었다.

그 대신이라고 해야 하나, 둘은 다가오는 남자는 전부 그냥 보내줬다.

싹싹한 운동부 녀석이나 문화부 계열 남자애가 오면.

"료 군, 친구를 만들 기회야."

"다 들리게 말하지 말라고, 창피하잖아."

"저기, 료는 보이는 대로 내성적인 데다 센스 있는 척하는 쿨병 환자지만, 나쁜 사람은 아니라고요!"

"소개도 하지 마. 더 창피하다고."

아니, 거의 험담이잖아.

이런 식으로 추켜세워주는 것도 며칠 정도겠지.

방과 후, 나는 후시미와 학교에서 역까지 이어지는 통학로를 걷고 있었다.

묘하게 오랫동안 폰이 진동하나 싶더니 모르는 번호로 전화가 와 있었다.

이력을 보니 휴대폰 번호.

짐작 가는 게 있다면 마나가 상을 받았다는 걸 학교에서도 떠

들고 다니는 모양이니 그 이야기를 들은 중학교 때 친구려나.

"미안, 잠깐만 전화 좀."

"오케이～."

일단 양해를 구하자 후시미가 그렇게 말하며 손가락으로 고리를 만들었다.

"네. 여보세요."

『톱 에이전시의 와카츠키라고 합니다만.』

모르는 남자의 목소리였다. 전화를 잘못 걸었나?

"네에."

『타카모리 료 군, 본인인가?』

"네. 그런데요. 타카모리입니다."

와카츠키……? 누구지? 응? 최근에 어디서 본 적이 있는 것 같은 이름이다. 톱 에이전시라는 단어도 들은 적이 있다.

『이번에 콘테스트 수상 축하해. 심사를 맡았던 사람들 중 한 명인데──.』

아. 홈페이지에 나와 있었지, 영상이나 연예 계열 사무소 이름이. 본 적이 있다 싶었는데, 그거였어.

"감사합니다."

와카츠키라는 사람은 심사원이었고, 그 사무소의 높은 사람이었을 텐데.

내게 무슨 볼일이지?

혹시 스카우트하려고?

내 작품을 보고 반한 와카츠키 씨가 영상 디렉터 쪽 일을 맡기려고 일찌감치 내게 눈독을 들이고———.

갑자기 긴장이 되기 시작했다.

얼굴이 뜨거워지는 게 느껴진 것과 동시에 휴대폰을 든 손가락 끝이 떨리는 걸 알 수가 있었다.

"무, 무슨 용건이신가요……?"

『단편 영화, 정말 괜찮더라고.』

아직 상황을 제대로 파악하지 못한 나는 다음에 무슨 말을 들을지 기다렸다.

조금 떨어진 곳에서는 후시미가 의아한 듯한 표정을 짓고 있었다. 분위기로 보아 통화 상대가 친구는 아니라는 것을 알아차렸을 것이다.

『엔딩 크레딧이 없었잖아, 그거.』

"아, 네. 그렇죠. 혹시 보통은 넣어야 하는 건……가요?"

『있든 없든 평가는 똑같아. 넣은 작품이 대부분이긴 하지만.』

후후후, 와카츠키 씨는 그렇게 굵은 목소리로 웃었다.

『작품에 출연한 여자애는 학교 친구야?』

"네. 맞아요."

『그 애에 대해서 좀 가르쳐줬으면 하는데———.』

와카츠키 씨는 그렇게 말했다.

나는 마음에 걸리는 걸 느끼면서 개인 정보를 알아낼 수 없는 범위 안에서 후시미에 대한 질문에 대답했다.

……내가 아니었구나. 흥미가 있었던 게.

나와 후시미를 비교하면 어떨까라는 건, 이미 알고 있던 사실이잖아.

"출연해준 건, 그 애가 연극 공부를 하고 있었기 때문이고요. 그래서."

그렇구나, 그래~, 라며 굵은 목소리로 맞장구를 치는 와카츠키 씨.

그는 마지막으로 이렇게 부탁했다.

『그 후시미 양에게 다리를 놔줄 수가 있을까? 다리를 놔달라는 건 소개해달라는 뜻인데.』

나는 나중에 본인에게 물어볼게요라고 하며 통화를 마쳤다. 와카츠키 씨에게 연락할 때는 이 휴대폰으로 해달라는 이야기도 들었다.

휴대폰을 주머니에 넣자, 후시미가 수상쩍어하는 표정으로 물었다.

"료 군, 누구였어?"

"아……, 저기, 영화 심사위원."

"어? 그, 그래서……, 어떻게 된 거야?!"

후시미가 눈을 반짝이며 마구 다그쳤다.

좀 전에 통화한 내용은 가르쳐줘야겠지만, 그 사람이 어떤 사람인지도 모르고, 와카츠키 씨를 사칭한 가짜일 가능성도 있다. 확인한 다음에 이야기해도 되려나.

"영화를 칭찬해주더라. 연기자까지 포함해서."

"오, 오오오오오오오! 나도!"

앗싸, 앗싸, 후시미가 그렇게 신이 나서 포즈를 취하고 있었다.

"평가에서도 나를 칭찬했었고. 어, 어쩌지……, 가슴이 두근거리기 시작했어!"

"후시미 덕분에 상을 받을 수 있었던 거니까, 정말 고마워."

아하하, 후시미는 그렇게 쾌활한 미소를 보였다.

"고맙다는 말은 내가 해야지. 연기해달라고 해줘서 고마워. 나하고 료 군, 양쪽 다 대단해서 상을 받은 거거든?"

"그렇다면 좋겠지만 말이지…….”

좀 전에 통화한 내용을 떠올리자 한순간 씁쓸한 기분이 들었다.

"어느 한쪽이 빠지면 안 됐을 거야, 분명.”

펄쩍펄쩍 뛸 정도로 신이 난 후시미는 들뜬 듯이 걸어가고 있었다.

"이대로 가다 보면 학교 축제 영화도 엄청날 거야!"

"그렇게 잘 풀리진 않을 텐데.”

"잘 풀릴 거야!"

후시미가 발끈하며 장난스럽게 토라진 척을 했다.

나는 아르바이트를 하러 가야 했기에 후시미와는 승강장에서 헤어진 다음, 방향이 다른 전철을 탔다.

"와카츠키? 톱 에이전시? 알긴 하는데.”

마츠다 씨는 파일로 갈던 손톱을 훅 불고는 나를 힐끔 보았다.

"오늘 그 사람에게서 전화가 왔거든요.”

"흐응~?"

마츠다 씨가 수상쩍어하는 듯이 한쪽 눈을 가늘게 뜨고 있었다.

레이지 퍼포밍 아츠라는 히메지가 소속된 연예 사무소의 사장실 안에서 나는 내 업무인 메일 답장 사무 작업 중이었다.

"큥에게 무슨 볼일이 있는데. 와카츠키가."

"저, 신오 시네마즈의 단편 영화상에 응모해서 특별상을 받았는데요———."

"푸흡?! 그, 그 정보는 대체 뭐야?!"

"그건 상관없어요. 말씀드리고 싶은 건 그게 아니고요."

"자, 자자자자자자잠깐만 기다려!"

나는 몇 번이나 그런 반응을 보았기에 이런 대화는 일단 제쳐두고 싶을 정도다.

"다음에 축하해주는 자리를 마련해야겠네! 아이카도 같이!"

"그건 고맙긴 한데요, 제 이야기를 들어주세요."

"뭐야아아아아아아, 얘도 참, 시치미를 떼기는!"

정말, 마츠다 씨는 그렇게 말하며 세차게 콧김을 내뿜었다.

이제야 이야기를 들을 자세를 보였기에 나는 좀 전에 통화했던 내용을 마츠다 씨에게 말했다.

"마음에 안 드네. 큥을 이용해서 후시미에게 접근하려 하다니."

그 남자다운 말을 듣고 나는 약간 답답하던 마음이 풀어졌다. 참고로 남자답다고 하면 혼난다. 훈남이라고 하면 세이프.

"그 이야기, 그냥 무시할 거야? 아직 말 안 했지?"

"제대로 된 사무소가 아니거나 정상적인 사람이 아니면 그럴까 했는데……."

"그래서 나한테 물어본 거구나?"

"네. 빠르게 이해해주셔서 편하네요."

나는 걸려온 전화번호를 마츠다 씨에게 가르쳐 주었다.

마츠다 씨도 휴대폰에 등록은 해둔 모양인지, 마음에 안 든다는 듯이 휴대폰 화면을 바라보고 있었다.

"그 번호가 맞긴 해. 와카츠키 케이지지? 톱 에이전시 사장. 검색해보렴."

나는 그 말을 듣고 인터넷에 회사 이름을 입력해서 검색해 보았다.

찾아낸 홈페이지에는 소속 연예인의 얼굴 사진이 쭉 늘어서 있었다. 요즘 광고나 드라마에 자주 나오는 젊은 여배우나 모델, 다른 배우들도 많이 소속되어 있는 것 같았다. 와카츠키 씨의 얼굴 사진도 다른 페이지에 나와 있었다.

"우리하고는 같은 업계 회사라는 느낌이지. 하지만 그쪽이 생긴 지 얼마 안 된 사무소라 탐욕스럽게 이것저것 하고 있을 거야."

"그럼 신분은 확실한 사람이네요."

"신분은 말이지, 신분은."

아까부터 마음에 걸리네. 별로 좋아하지 않는 사람이라는 게 느껴진다.

"후시미는 사무소 오디션에 몇 군데나 떨어진 참이라 마침 잘된 것 같아요. 연기를 인정해주고 있는 것 같고요."

"후시미에게 물어보면 되는 거 아닐까? 수상쩍은 회사가 아니니까 안심했을 테고. 이제는 후시미가 판단할 일이야."

"네. 그럴게요."

"불만이니?"

"네?"

"그런 표정이길래. ……기억해두렴, 쿵. 감독이란 어디까지나 뒤에서 보조해주는 역할일 수밖에 없어. 연기자보다 눈에 띄는 건 불가능하다고. 그럴 수 있는 건 거장 정도밖에 없지."

마츠다 씨는 내 뭘 보고 그렇게 생각하는 건지 잘 모르겠지만, 다 들여다보는 듯한 말을 가끔 이렇게 하는 경우가 있어서 곤란하다. 정곡을 찌르니까.

게다가 내가 지니고 있는 인정욕구를 이 사람이 채워주거나 위로해주기도 한다.

사람을 보는 눈이라는 게 있는 거겠지.

"……와카츠키 씨에게 전화를 받고, 구상하거나 찍거나 편집하던 저보다 연기를 한 후시미가 더 높게 평가를 받고 있는 거 아닌가 하는 생각이 좀 들어서요."

내가 느낀 답답한 마음에 대해 말하자 마츠다 씨가 흥, 코웃음 쳤다.

"프로를 얕보지 말라고. 그런 딜레마는 쿵만 떠안고 있는 게 아니란다. 보는 사람들은 제대로 보고 있으니까 안심해."

그렇게 말해주니 마음이 조금 편해졌다.

하지만, 후시미의 외모가 다른 응모작의 연기자보다 압도적으로 뛰어나다는 사실은 틀림없을 것이다.

"그런 것보다 축하 파뤼를 해야겠네~."

마츠다 씨는 싱글거리며 수첩에 무언가를 적어나갔다.

④ 마나의 진로 상담

"저기. 마나는 고등학교 어디로 갈 거야?"

나는 저녁 식사 중에 TV를 보면서 별다른 생각 없이 물어보았다. 마침 프로그램의 내용이 고등학생의 클럽활동을 밀착해서 다루는 것이었기에 화제로 삼기도 편했던 것이다.

"음~. 어떻게 할까~, 그런 느낌."

여전히 앞치마를 두르고 있던 마나는 밥그릇을 한 손에 든 채 볶음 쪽으로 젓가락을 뻗고 있었다.

마나는 겉으로 보기에 갸루스럽긴 하지만, 알맹이는 성실하고 요리도 잘하는 데다 성격도 좋다. 사실 머리도 좋다.

여름방학이 되었을 때 성적표를 한 번 보았는데, 깜짝 놀랐다. 각 과목의 시험 점수가 평균 85점이 넘었으니까.

나는 그런 성적을 본 것이 후시미 이후로 처음이었다.

"머리도 좋으니까 세이 여고에 가지 그래?"

세이 여고란 세이료 여자대학교 부설 고등학교의 약칭이다. 마나가 두목님이라 부르는 시노하라가 다니는 학교이기도 하다.

이 지역에서는 편차치가 제일 높은 고등학교이고, 현역으로 유명 대학교에 진학하는 학생도 해마다 많이 나온다.

"교복은 젤로 좋지만 말이지~. 세이 여고는."

젤로? 제일로 좋다는 건가?

나는 여자 교복이 뭐가 좋고 뭐가 나쁜지 모르겠다. 하지만 보면 바로 세이 여고라는 걸 알아볼 수 있을 정도로는 공립 학교와 크게 달랐다.

"그 교복을 입고 싶어서 지망한다는 여자애도 있으니까."

내가 힐끔거리며 살펴보자 마나는 딱히 내키지 않는다는 듯이 담담하게 젓가락을 놀리고 있었다.

교복만으로는 별로 구미가 당기지 않는 것 같았다.

"나는 어디로 진학하면 좋을까."

마나가 젓가락을 입에 문 채 조용히 중얼거렸다.

그야 가고 싶은 학교겠지. 그런 생각이 들긴 했지만, 선택지가 많은 만큼 망설여질지도 모르겠다.

"오빠야는 말이지, 왜 그 학교로 갔어?"

"가까우니까."

"단순하네."

그렇지? 나는 그렇게 말하며 웃었다. 솔직히 말해 우리 고등학교는 편차치도 평균적이어서 공부를 잘 못하는 나도 열심히 하면 어떻게든 들어갈 수 있는 학교이기도 했다.

"히나는 왜 거기로 갔는지 알고 있어?"

"아니……, 왜 우리 학교로 왔을까."

후시미의 성적은 초등학교 때부터 계속 좋았다.

시노하라처럼 세이 여고도 선택지에 있었겠지.

여배우를 목표로 삼고 있어서 편차치가 높은 고등학교에는 흥미가 없었던 건가?

"물어봤으니까 대답해주는 건데, 마침 오늘 학교 설명회 같은 게 있었어."

"그래서?"

"세이 여고에는 클럽활동 종류도 다양해서 왠지 재미있을 것 같더라고."

"괜찮네."

"……."

마나가 이쪽을 빤히 바라보았다. 나는 아랑곳하지 않고 입을 우물거리며 움직였다.

아, 혹시 이건가? 팸플릿.

나는 아무렇게나 놓여 있던 학교 안내문을 들고 펼쳤다. 그러고 보니 나 때도 이런 게 있었지.

교복을 입은 모델 여자애가 시원스럽게 웃고 있다. 졸업한 뒤의 진로가 적혀 있거나 행사가 적혀 있기도 했고, 클럽활동 일람도 있었다.

"마나, 고등학교에 들어가면 클럽활동 할 거야?"

"안 해."

안 한다고? 클럽활동이 재미있을 것 같다고 한 건 뭔데.

"히나는 오빠야랑 같은 학교니까 거기로 간 거야."

"그래?"

"그래."

이웃과 이야기를 나누는 경우는 마나가 훨씬 더 많다. 아마 어디선가 입수한 정보일 것이다.

"뭐. 가까우니까. 우리 집하고 후시미네 집은."

가깝다고 해도 전철을 타고 통학해야 할 정도로는 거리가 떨어져 있지만.

나는 딱히 신경 쓰지 않고 고기 감자조림의 감자를 집었다. 잠깐 기다리라는 듯이 마나도 그 감자를 집었다.

"이거 내가 먹으려는 건데. 마나?"

"나도, 오빠야네 고등학교, 가깝거든?"

"어? 그래, 그렇지. 같은 집에서 다니는 거니까……."

그렇게 이 감자를 먹고 싶은 건가? 그럼 다른 걸…….

다른 건더기를 집으려 하자 마나가 또 방해했다.

일부러 그러는 거구나.

"왜 그래."

"오빠야말로 왜 그러는 거야?"

왠지 엄청 기분 나쁜 것 같다.

"왜 그러냐니……, 뭐가."

"내가 세이 여고에 가도 돼?"

아니……, 되는데.

"사립이니까 돈도 많이 들고, 전철을 타고 통학하는 거니까 아침에 많이 붐비는 전철을 탄다고."

"그렇겠지. 전철 통학은 우리 학교도 마찬가지거든?"

"오빠야는 내가 성추행당해도 돼?"

"안 되지. 아니, 왜 학교에 가면서 성추행을 당한다는 전제를 세우는 건데."

마나는 아무런 대답도 하지 않고 발끈하며 입을 움직이고 있었다.

실제로 두 번 정도 목격했으니 절대로 당하지 않을 거라는 보장은 없다.

미니가 좀 엄청난 미니 스커트를 입으려 할 테니 후시미나 히메지보다 그럴 확률은 높겠지. 하지만 그건 전철 통학이 필수인 고등학교라면 어떤 학교에 다니더라도 마찬가지다.

아니면 설마 우리 집안의 재정 상황을 신경 쓰는 건가?

"마나, 왜 화내는 거야?"

슬리퍼를 신은 마나의 발을 툭툭 건드렸다.

"화 안 났거든."

그렇게 말하는 녀석은 보통 화가 난 거라고.

나보다 먼저 식사를 마친 마나는 달그락달그락, 식기 소리를 크게 내며 싱크대에서 설거지를 하기 시작했다.

으음. 최근에 본 것 중에서 제일 기분이 안 좋은 것 같네. 경험상, 지금 뭔가 말하면 역효과가 되고 불에 기름을 붓는 경우가 많다.

"토리고에나 후시미, 히메지도 있으니까 우리 학교로 오면 마음이 편할지도 모르겠네."

이 말이 역효과를 일으킨다면 오늘은 이제 아무런 말도 하지 말자.

조심조심 눈을 들어보니 설거지를 계속하던 마나가 '괜찮은 편이긴 하네'라고 말했다.

제대로 먹히진 않았지만, 그래도 완전히 벗어난 건 아닌 모양이었다.

"……일단은 나도 있고, 오면 되는 거 아닐까?"

"오빠야가 와줬으면 좋겠다고 하면, 그럴 수도 있는데?"

진로를 그런 느낌으로 정해도 되는 건가?

"마나. 진로는 장래에 대해 제대로 생각해서───."

"으아아아아아아! 진짜, 오빠야 바보!"

마나가 기어코 봇물이 터진 듯 말을 쏟아내기 시작했다.

"바보! 바보! 바보! 같은 고등학생으로 지낼 수 있는 건 겨우 1년뿐이거든?! 당연히 같은 학교를 다니고 싶지!"

흥! 마나가 그렇게 콧김을 거세게 내뿜었다.

당연한 건가……?

"그런데, 세이 여고 가면 되는 거 아니야? 하는 태도라서 열받았어. 오빠야의 시스콘 정도는 겨우 그 수준이 아니잖아! 솔직하지 못하다니까."

아니, 그 수준인데. 시스콘이라는 걸 백 보 양보해서 인정해도 그 수준이다.

"나를 중증 시스콘으로 만들려 하지 마."

"오빠야는 여고생이 된 나랑 같이 학교에 다니고 싶지?"

응? 으으응?

부정하려 했지만, 또 토라지는 것도 곤란하다.

"아……, 음, 뭐, 응. 그렇지……."

"역시나~, 그랬구나."

마나가 으스대는 표정을 지었다.

반쯤 엎드려 절받기였는데 말이지……. 아, 이렇게 마나의 마음속에서 나는 중증 시스콘이 되어가는 건가.

"어찌 됐든, 엄마는 공립으로 가라고 했으니까 오빠야랑 같은 학교로 갈 생각이었지만 말이지~."

처음부터 그럴 생각이었다면 아까 했던 이야기는 뭔데.

태도가 완전히 바뀌어서 기분이 좋아진 마나는 후후, 흐응~, 하며 신나게 콧노래를 부르고 있었다.

⑤ 토리고에의 발상

타카모리 군이 상을 받았다는 이야기는 나도 거기에 약간 참여하기도 했기에 솔직히 기뻤다.

들뜨려나 싶었지만, 타카모리 군은 평소와 똑같은 것처럼 보였다.

하지만 타카모리 군을 보는 주위 사람들의 눈은 그렇지 않았던 모양인지, '사실은 대단한 녀석'이라는 눈초리로 보고 있다.

어째서 그렇게 생각했는가 하면, 내가 그랬기 때문이다.

영화의 내용은 알고 있었지만, 구도나 연기자인 히이나의 연기가 더해지기만 했는데도 전혀 다른 물건이 되었으니까.

그런 쪽 재능이 있다는 게 알려지게 되자 타카모리 군은 반에서 한층 더 인정받는 존재가 되었다. 이건 여름방학에 학교 축제용 영화를 찍을 때부터 그랬지만, 상을 받은 것으로 더욱 분위기가 가속된 것 같다.

지금까지 이야기한 적 없던 남자애가 타카모리 군에게 말을 걸면서 '감독니임~'이라고 반쯤 장난으로 부르는 걸 몇 번이나 보았다. 여자애들은 교실에 있으면 양쪽 옆에 있는 미소녀들이 경계망을 펼쳐둔 채 견제하고 있기에 좀처럼 다가서지 못하고 있지만.

그건 내게도 잘된 일이었다.

타카모리 군의 장점 같은 걸 눈치챈 어중이떠중이 여자애들이 갑자기 접근하면 가슴이 답답해질 테니까.

각 과목 선생님들도 상을 받은 것에 대해 수업을 시작할 때 언급하고는 칭찬하거나 인터뷰 같은 형태로 이것저것 캐묻곤 했다.

타카모리 군은 기본적으로 담담하게 대답했지만, 가끔 표정이 어두워지는 순간이 있는 것 같은 느낌이 들었다.

……내가 착각한 건지도 모르겠지만.

타카모리 군은 이런 이야기도 이제 질색일 뿐일지도.

나와 마찬가지로 친구가 없고, 점심밥은 혼자 조용히 먹고 싶고, 딱히 이렇다 할 목표도 없는 것 같고, 그냥 무난하게 학교 생활을 하고…….

그랬던 타카모리 군이 단숨에 각광을 받게 되다니, 작년의 내게 그렇게 말하더라도 믿지 않을 것이다.

기쁜 것 같기도 하고, 쓸쓸한 것 같기도 하고.

이 마음은 마이너한 활동을 하던 밴드가 메이저로 데뷔해서 단숨에 지명도가 올랐을 때의 느낌과 비슷하다.

내가 모르는 사이에 갑자기 멀리 가버린 듯한, 그렇게 제멋대로 느끼는 적막한 감정.

내게도 뭔가 몰두할 만한 게 없을까.

수업 중에 심심풀이로 펜을 돌리며 멍하니 생각했다. 하지만 그렇게 간단히 찾아낼 리는 없다. 그걸 미리 알고 있다면 아무도 고생하진 않을 것이다.

방과 후가 되자, 나는 도서 위원 당번 일이 있기에 집에 갈 준비를 마치고 자리에서 일어섰다. 학급 임원인 두 사람은 오늘도 사이좋게 일지를 쓰고 있다.

"료 군, 한자를 잘못 썼는데~?"

"아니, 아니, 맞거든요. 제가 이래 봬도 지금까지 해왔으니까."

"아니, 이상한 자존심 내세우지 말고."

오늘도 알콩달콩 지내고 있다. 솔직히 부럽다는 생각이 들어버린다…….

답답한 마음을 도서실에 갈 때까지 떨쳐내고는 카운터 안쪽에 앉았다. 도서 위원이 하는 일은 대출 작업과 반납된 책을 원래 있던 곳에 돌려놓는 것뿐이다.

이용하는 학생도 별로 없어서 항상 한가하기에 나는 책을 읽는다.

"좋겠네, 상을 받았다니~."

여자 사서 선생님이 별생각 없이 내게 말을 걸었다.

"아……, 영화요?"

아마 나와 타카모리 군의 관계를 모르는 거겠지.

"맞아, 맞아. 나도 저번에 내가 쓴 소설을 출판사 신인상 같은 곳에 응모했는데 꽝이었거든."

"소설을 쓰시나요?"

"취미 정도로만 말이야. 그래서 뭐든지 상을 받는다는 건 대단한 일 같아~."

"그렇죠."

소설…….

나도, 쓸 수 있을까.

"어떻게 쓰고 계신가요?"

"나는 컴퓨터로. 요즘은 스마트폰으로도 쓰는 것만이라면 할 수 있으니까."

아, 그렇구나. 원고지하고 펜으로 쓰는 이미지가 있었는데, 그런 걸로도 쓸 수 있구나. 허들이 확 내려간 듯한 느낌이 들었다.

나도 써볼까. 처음부터 잘 쓰진 못하겠지만, 짧긴 해도 학교 축제용 각본 경험이 있으니까 나름대로 읽을 만한 걸 쓸 수 있지 않을까.

"미이, 미이."

집에 돌아온 다음, 나는 친한 친구에게 전화를 걸었다.

『왜~? 무슨 일이야?』

"나, 소설을 써볼래."

『상 이야기는 들었어. 타카료에게 감화되었구나.』

후후후, 친한 친구가 귓가에서 웃었다.

『다 쓰면 읽게 해줘. 너무 고귀해서 빠져 죽을 정도인 BL이라면 좋겠는데.』

여전한 친구의 말을 들으니 미소가 드리웠다.

"아직 뭘 쓸지는 안 정했으니까. 그래도, 응. 다 쓰면 읽어줘."

그런 다음, 이야기가 다른 곳으로 빠져서 최근에 푹 빠진 만화에 대해 서로 소개해주다 보니 한 시간이 지났다.

휴우, 미이가 한숨을 쉬었다.

『시이는 이렇게 성실하고, BL을 좋아하고, 착한 아이인데, 타카료는 대체 뭘 하고 있는 걸까.』

"중간에 한마디는 필요 없거든?"

타카모리 군이 나를 다소나마 특별하게 봐주고 있다는 걸 알고 있기에 그것만으로도 만족해버리고 있다.

『사실, 남자를 더 좋아한다거나.』

"그렇진 않을걸? 방에서 야한 만화도 발견했고."

『으음~. 그렇다면 타카모리 가문에 연애를 하면 안 되는 규칙이 있어서———.』

"아이돌도 아니고."

후후, 나는 무심코 웃어버렸다.

『안 그러면 설명이 안 될 것 같은데. 멀리서 지켜봐도 부자연스러우니까.』

그것에 대해서는 나도 동의한다.

통화는 그렇게 끝내게 되었다.

"타카모리 가문에서 연애를 금지한다고⋯⋯?"

그럴 리는 없다. 마나마나도 그런 낌새가 느껴지는 말을 한 적이 없고. 오히려 가끔 나와 이어주려 하는 분위기조차 느껴진다.

"금지하는 게 아니라면⋯⋯."

공포증, 같은 건가?

⑥ 가정 과목과 개성

　소꿉친구 두 명과 등교하다가 나는 후시미에게 그 와카츠키 씨에게 들었던 좋은 소식을 알려주었다.

　"단편을 본 심사위원의 사무소 사장님이 후시미의 연기를 보고 연락을 하고 싶다고 하는데, 어떻게 할래?"

　"나한테?"

　상상하지도 못했던 이야기를 듣고 후시미가 눈을 동그랗게 뜨고 있다. 내용을 곱씹는 듯이 '연기를 보고?'라며 작은 목소리로 중얼거렸다.

　"히메지는 뭔가 알아? 톱 에이전시라던데."

　"들어본 적 정도는 있어요. 그렇게까지 잘 아는 건 아니지만, 아는 사이인 애도 몇 명 있고요."

　보아하니 현장에서 마주치면 인사를 하는 정도 사이인 것 같긴 했다.

　"사무소의 정보가 인터넷에 있으니까 나중에 알아볼래?"

　"으, 응, 알겠어!"

　후시미는 긴장한 표정으로 휴대폰을 꺼내 뭔가 조작하기 시작했다. 곧바로 알아보려고 하는 것 같았다.

　"마츠다 씨가 가르쳐줬는데, 사무소도 그렇고 사장님도 제대로 된 사람인 것 같아."

"그, 그렇구나아~!"

후시미가 괜찮다고 하면 나중에 와카츠키 씨의 휴대폰 번호를 가르쳐줘야겠다.

내 그 작품이 후시미가 연예계에 들어가는 계기가 될 줄이야.

"료 군, 다음에 축하 모임을 하자! 엄청~, 호화롭게 말이야……! 노래방에 가거나, PC방에 가거나, 피자를 배달시켜서 먹거나, 회전 초밥을 먹으러 가거나!"

"이봐, 이봐……, 그거참 호화로운데……, 그러자."

"앗싸!"

특별상 상금이 얼마 전에 입금되었으니 그 정도라면 전부 사줄 수 있다.

후시미가 아니었다면 받을 수도 없었던 상일 테니까.

"……."

마음속 어딘가가 또 살짝 따끔거렸다.

그럴 때마다 나는 마츠다 씨에게 들었던 '감독은 어디까지나 뒤에서 보조해주는 역할'이라는 말을 떠올렸다.

히메지가 내 얼굴을 빤히 들여다보고 있었다.

"응? 왜 그래?"

"료. 이번 주 주말, 시간 괜찮죠?"

"단정하는 말투로 내 일정을 정하지 말라고."

뭐, 괜찮긴 한데.

"토요일 저녁에 '벚모메' 라이브가 있거든요. 혹시 관심 있으시면 가실래요?"

후시미가 말한 축하 모임이라는 건 언제 하려나.

떠보려는 듯이 힐끔 옆을 보니.

"축하 모임……, 기대 된다아……."

헤실헤실한 표정으로 들떠 있었다.

금방 할 생각은 아닌 것 같았다.

"마츠다 씨 연줄을 통해서 티켓을 두 장 받았어요. 멤버들도 보러 와줬으면 한다고 했고요."

평소에 기가 센 히메지의 눈동자에 그늘이 진 것처럼 보였다.

벚모메……, 벚꽃빛 모멘트는 예전에 히메지가 소속되어 있던 아이돌 그룹이다.

히메지는 건강 악화로 인해 아이돌 활동을 그만두고 나서 이쪽으로 이사 왔다. 일부러 나를 부르는 걸 보니 혼자서는 가기 꺼끄러운 건가?

그만둔 클럽활동의 시합을 보러 가는 느낌일지도 모르겠다.

"기분 전환도 될 테고요."

"그럼, 같이 갈게."

히메지의 얼굴이 활짝, 밝아졌다. 그러다 자각한 건지 자중하듯 고개를 살짝 흔들고는 곧바로 새침한 표정으로 돌아와 자랑스럽게 말했다.

"멤버들은 저 정도는 아니지만, 무척 귀여워요. 노래하고 춤추면서 미소를 흩뿌리죠."

"응? 그게 왜?"

"착각하지 말라고요! 료 같은 건 상대해줄 리가 없으니까요."

"그렇게 못 박지 않더라도 괜찮아."

나는 어이가 없다는 듯이 한숨을 쉬었다. 나를 대체 뭘로 보는 거야.

그날 3, 4교시는 가정 과목의 조리 실습이었다.

네 명 정도로 조를 짜자, 결과적으로 소꿉친구 두 명과 토리고에라는 안정적인 멤버를 구성하게 되었다. 세 명 모두 자기가 준비해 온 앞치마를 두르고 있는 것뿐인데도 가정적인 분위기를 풍겼다.

선생님이 칠판에 레시피를 적으며 설명해 나갔다.

오늘 만들 것은 교과서에도 순서나 레시피가 적혀 있는 영양밥과 된장국, 그리고 데친 시금치였다.

The 가정식이라는 느낌의 메뉴다.

"히나는 요리를 할 수 있나요?"

"아이보다는 잘할 것 같은데?"

흥, 히메지가 그렇게 깔보는 듯이 코웃음 쳤다.

"저에게 덤비다니, 웃기고 있네요."

웃기고 있는 건 너지.

예전에 우리 집에 와서 세제를 넣은 수프를 만든 걸 아직 잊지 않았거든?

"또 투덕거리고 있네."

토리고에가 마치 남 일인 것처럼 중얼거렸다.

"토리고에는 잘하는 편이지."

"응. 히이나는 호박조림 전용기고."

전용기. 잘못된 말은 아니다.

"히메지는 독선적인 요리를 만들 것 같으니까, 아마 내가 제일 잘할 것 같아."

편견이 잔뜩 담긴 의견이 두 사람의 귀에 들렸다.

"시이, 나는 전용기가 아니야. 보아하니 범용성이 뛰어나다는 걸 증명할 때가 온 모양이구나."

만들 순 있는 거야? 제대로…….

"시즈카 양은 어차피 도와주는 수준인 요리만 할 수 있는 거죠?"

"그래도 어머니가 안 계실 때는 내가 해. 가족들이 먹을 저녁밥."

"".......""

오. 입 다물었네, 입 다물었어.

그런 상황이 기분 좋았는지, 토리고에가 약간 뽐내는 듯이 싱글거렸다.

"스, 승부! 그럼 승부야, 정말!"

후시미가 자포자기하기 시작했기에 내가 나무랐다.

"이건 승부가 아니라 실습이라고. 힘을 합쳐서 밥을 하는 거야."

이미 다른 조는 식재료를 준비하거나 역할 분담을 하는데, 우리 조는 다투고만 있다.

"독선적이라는 말을 듣고 저도 잠자코 있을 수는 없죠. 독선적이라도 프로가 쩔쩔맬 수준이라는 걸 이해시켜드릴 때가 온 모양이네요."

안 왔어. 영원히 안 올 거라고.

"나는 알아서 할 테니까, 둘은 교과서에 나온 레시피대로 재미 없는 밥을 하도록 해."

이건 이미 전쟁입니다. 여기 있는 사람들 중에서는 가장 상식 적이고 양식이 있는 토리고에가 시비를 걸었으니 이제 아무도 말 릴 수가 없어요.

"같은 조가 다 함께 만드는 게 조리 실습이거든?"

"""……."""

아무도 내 말을 안 듣네.

말없이 선전포고를 주고받은 세 사람은 아무런 말도 하지 않고 식재료를 모으기 시작했다.

승부라니, 각자 다른 요리를 하면 승부가 안 되잖아.

뭘 만들 건데?

걱정이 된 내가 세 사람의 모습을 지켜보자 미리 짠 것처럼 시 금치를 들었다.

……세 분? 다른 두 메뉴는……? 아, 보아하니 내가 나머지를 만들어야 할 것 같네.

세 사람이 데친 시금치를 만들기 시작했기에 나는 레시피와 순 서를 확인하며 나머지를 만들기로 했다.

다른 반은 시끌시끌 만들고 있는데, 우리 조만은 팽팽한 분위 기다.

"히이나, 거기 좀 비켜줘. 물을 쓸 거니까."

"지금은 안 돼."

"시즈카 양, 거기 있으면 선반을 열 수가 없는데요."

"나중에 해."

세 명 모두 자기 길을 나아가는 스타일이기 때문에 양보한다는 선택지가 전혀 없었다.

나는 내 작업을 하면서 다른 세 명이 제대로 만들고 있는지 상황을 살펴보았다.

제일 진도가 빠른 건 토리고에. 그다음은 히메지, 후시미 순서였다.

그 세 명은 요리 대결 프로그램인가 싶을 정도로 조용히 손만 움직이고 있었다.

다른 남녀 혼합 조는 꺅꺅 시끌벅적하게 채소를 씻거나 자르고 있는데도. 청춘의 한 페이지 같은 조리 실습을 하고 있는데도.

"타카야네 조는 역할 분담이 너무 극단적이잖아."

데구치가 살짝 웃으며 말을 걸었다.

"세 명이 데친 시금치를 맡다니."

"양보할 수 없는 무언가가 있나 봐. 팽팽한 삼파전을 보이다가 지금 이런 상황이 됐어."

"타카야도 힘들겠구나……."

나를 동정한 데구치가 내 작업을 약간 도와주었다.

"너희 조는 괜찮아?"

"다른 사람이 싱크대랑 불을 쓰고 있어서 내가 할 일이 없어져 버렸거든."

그래서 마침 시간이 괜찮았던 모양이다.

"혼자만 아무것도 안 하고 있으면 좀 껄끄럽긴 하지."

"그렇다니까."

어시스턴트가 생긴 내 조리는 효율 좋게 진행되었다.

제일 걱정인 히메지를 보니 일단은 순조로워 보였다. 히메지는 주위를 관찰하고는 다른 사람들이 뭘 어떻게 하는지 흉내 내고 있는 것 같았다. 그렇게 해주면 나도 좋지.

후시미는 신중하디 신중하게 시금치를 자르고 있다. 자른 시금치를 자로 하나씩 재고 있었다. 이걸 무슨 실험으로 생각하는 거아냐……?

그리고 토리고에는 두 사람에게 시비를 걸었던 만큼, 비교적 솜씨가 좋았다.

레시피대로, 레시피대로……. 실수 같은 걸 저지르지 않게끔 나도 좋은 의미로 신중했다.

잠시 후 영양밥이 완성되었고, 된장국도 성공했기에 이제 세 명이 끝나기만 기다리면 된다.

왜 나보다 느리냐고.

"다 된 조부터 드세요."

선생님이 그렇게 말하자 이미 완성한 조는 식사를 시작했다.

"다 됐어요!"

히메지가 자신만만한 미소를 보이고 있다.

히메지는 자기가 잘못했을지 모른다는 생각을 요만큼도 하지 않는 타입이니까…….

작은 그릇에 나누어 담은 데친 시금치는 척 보기에는 정상적이었다.

"나도 다 했어."

토리고에가 히메지 다음으로 끝냈다. 토리고에는 늦기만 했을 뿐, 맛이나 다른 것들은 별로 걱정이 되지 않는다.

"어, 어째서 다들 그렇게 빠른 거야……?! 제대로 안 한 거지!"

후시미는 성실함이 엉뚱한 방향으로 가버려서 시간이 좀 더 걸릴 것 같았다.

"히나. 요리는 속도도 중요하거든요? 꾸물대다가는 식재료가 상해버려요."

히메지가 그렇게 말했다.

"일단 먹고 난 다음에 제대로 했는지 여부를 따졌으면 좋겠는데."

토리고에가 한 말도 일리가 있다.

후시미가 요리를 끝냈을 때는 이미 다 먹은 조도 있을 정도였고, 이제 곧 점심시간이 될 것 같은 시기였다.

데친 시금치가 세 그릇 있다. 세 명 모두 누가 만들었는지 알아보기 쉽게끔 색이 다른 그릇에 담았다.

흰색은 토리고에, 감색은 히메지. 연한 하늘색이 후시미.

후시미가 담은 이 그릇……, 이거, 찻잔 아닌가…….

옮겨 담는 과정에서 토리고에와 히메지도 힐끔거리며 신경 썼지만, 바로잡아주지는 않았다.

승부니까 상대방을 유리하게 만드는 행동은 피한 것 같았다.

"후시미 양……, 꼼꼼하면서도 왠지 센스가 엇나갔네."

옆에서 상황을 지켜보던 데구치가 우리가 생각하던 걸 소리 내어 말했다. 정신을 차리고 보니 왠지 모르겠지만 데구치도 우리 조의 일원이라는 듯이 자기 자리를 만들어두고 있었다.

"자, 자. 다들 앉아~."

후시미가 그렇게 지시했지만, 그건 찻잔이잖아…….

"료 군, 손을 모아야지."

그렇게 내게 주의를 주지만, 분명히 찻잔이잖아…….

중간에 이상하다고 생각한 적은 없는 걸까……?

한 명이 늘어서 다섯 명이 잘 먹겠습니다, 한 다음 만든 요리를 먹기 시작했다.

영양밥이나 된장국은 레시피대로 만들었기에 문제없이 만들어졌다.

"타카야 거 된장국 맛있네."

"그렇지?"

여자애들 세 명은 견제하듯이 서로 손가를 바라보고 있었다.

"료에게 심사를 해달라고 할까요. 항상 마나의 밥을 먹어서 올바른 미각으로 자랐을 테니까요."

"그러게. 료 군, 부탁할게. 이 싸움에 종지부를 찍어줘!"

"그래, 그래."

우선 찻잔부터…….

입에 넣은 순간, 깜짝 놀랄 정도로 설탕의 단맛이 느껴졌다.

"윽……, 후, 후시미 양, 대체 뭘 넣었……?"

"료 군, 단 거 좋아하잖아? 호박도 그렇고."

"본연의 단맛과 설탕의 단맛을 한데 묶어서 생각하지 마!"

"이, 이상해……?"

열심히 만들었다는 건 알고 있다. 어떻게든 포장해주고 싶지만, 말이 나오지 않는다.

"미소녀가 만들었다면 그것만으로도 충분하다고! 맛 같은 건 아무래도 상관없다니까."

데구치, 포장해주는 것 같으면서도 완전히 부정하고 있거든?

데구치가 냠, 한 입 먹었다.

"아……. 후시미 양, 미안, 이건 안 되겠어. 찻잔이라 왠지 이상하기도 하고."

아~, 기어코 말해버렸어!

"이, 이상하지 않다고!"

"히이나. 이상해."

"네. 이상하죠."

꽈아앙, 대미지를 크게 입은 후시미가 의자 위에서 몸을 웅크린 채 토라져 버렸다.

"먹을 수 없는 건 아니잖아……. 전혀 이상하지 않은데……."

다음은 히메지. 그릇을 들자 으스대는 표정으로 해설해 주었다.

"소재의 맛을 즐길 수 있게끔 레어로 마무리했어요."

고기에만 통하는 논리를 끌어들이지 말라고.

레어?

한 입 먹어보니 사각거리는 식감과 비린내가 느껴졌다.

……히메지, 제대로 익히긴 한 거야?

그러고 보니 좀 전에 '요리는 속도도 중요하거든요?'라고 했었지.

이, 이 녀석, 속도에만 정신이 팔렸어……!

"아직 더 있으니까 사양하지 말고 말씀하세요."

멋진 미소로 그렇게 말해봤자 마음이 내키진 않는다.

"아이……, 푸흐흡. 이거 생시금치잖아. 까불어대면서 레어라고 폼 잡고 있는데, 그냥 생시금치잖아."

곧바로 후시미가 복수했다.

"설탕 범벅으로 만든 사람에게 그런 말을 듣고 싶진 않네요."

데구치는 내 반응을 보고 먹으려 하지도 않았다.

"야, 데구치. 미소녀가 만들었으면 그것만으로 충분하다면서? 먹어라. 아니, 먹어줘."

이대로 가다가는 내가 전부 먹게 될 것이다.

"미안해, 타카양. 그건 거짓말이야, 거짓말이었어. 못하는 건 못하는 거지."

데구치는 진지한 목소리로 그렇게 말하며 고개를 저었다. 그 대신, 내가 만든 음식은 전부 다 먹고 추가로 더 먹었다.

데구치 마음속에서는 내가 1등이었나…….

마지막으로 토리고에가 만든 데친 시금치를 먹었다.

……응, 그래. 제일 무난해서 코멘트를 하기가 곤란하다. 제대로 만들긴 했지만, 훌륭하지도 않고 못 만들지도 않았다고 해야 하나.

심사 역할을 맡은 내가 아무런 말도 하지 않는 모습을 보고 데구치도 먹은 다음, 토리고에를 살며시 손가락으로 가리켰다.

"토리고에 씨, 우승."

"응. 나도 이의는 없어."

애교가 없는 표정이 약간 기뻐하며 느슨해졌다.

"이예이."

점심시간이 시작되는 종이 울리자 어디선가 미소녀 두 명의 요리 이야기를 들은 남자들이 다가왔다.

남아 있던 후시미와 히메지의 요리를 나누어주자 척 보기에도 양쪽 다 이상하다는 걸 알아보았는지, 먹으려 하지도 않고 아무런 말도 하지 않고 미소를 지으며 떠나갔다.

위기 회피 능력이 뛰어난 녀석들이군…….

뒤늦게 정리를 하고 있자니 토리고에가 다시 기세를 제압하려 나섰다.

"히이나도 그렇고, 히메지도 요리가 서투르구나."

"오늘은 컨디션이 안 좋았을 뿐이니, 으스대기엔 아직 이른 것 같은데요."

너는 컨디션 문제가 아니잖아.

"맞아, 시이. 다음에 또 하면 아마 내가 이길걸?"

그 자신감은 어디서 나오는 건데.

결국, 마나가 만든 요리가 제일이구나. 기준을 마나로 잡으면 다른 사람들이 가엾어지겠지만.

⑦ 라이브와 식사와 진상

후시미에게는 와카츠키 씨의 전화번호와 메일 주소를 그날 방과 후에 가르쳐 주었다.

"얼굴을 보고 이야기한 게 아니니까 어떤 사람인지는 모르겠지만."

"아니야, 고마워. 연락해볼게."

전화가 껄끄러우면 이쪽으로 메일을 보내줘도 된다며 메일 주소가 적힌 문자 메시지도 받았던 것이다.

긴장한 표정인 후시미가 내 휴대폰에 뜬 연락처를 사진으로 찍고 있었다.

"잘 되면 좋겠다."

"응. 그래도 만나보면 그쪽에서 '생각했던 것과는 다르다'라고 할지도 모르니까······."

나는 그 긴장의 정체를 대충 알 것 같았다.

후시미는 지금까지 이런 오디션에서 연전연패를 거듭했다. 상대방이 먼저 권유한 건 처음 있는 일.

그러니 이건 큰 기회라고 할 수 있다.

"괜찮다니까. 후시미의 연기를 보고 말을 걸어준 거니까, 연예계를 고려하고 있다면 부디 우리 사무소로! 그런 거잖아?"

"과, 과연 그럴까?"

후시미는 복잡한 듯한 미소를 지었다.

나는 그쪽 마음이 바뀌지 않았다면 채용 여부를 결정하는 면접이라기보다는 본인의 의사를 확인하는 과정일 거라 생각하는데, 지금까지 있었던 일들을 고려해보면 걱정하는 후시미도 이해가 된다.

"그쪽 심기가 불편해질지 모른다는 생각은 안 해도 될 것 같아. 후시미는 평소처럼만 행동하면 무슨 잘못을 저지를 일도 없을 테니까."

"그, 그런가~?"

무책임한 격려가 되어버릴 수도 있기에 더 이상은 아무런 말도 하지 않았다.

그리고 그날 밤.

후시미가 메시지를 보냈다. '토요일에 만나기로 했어!'라는 보고였다.

나는 적당한 스탬프 하나만으로 답장을 보냈다.

이렇게 업계로 들어가는 거겠지.

실제로 그렇게 될 거라고 생각하니 역시 왠지 쓸쓸함 같은 게 느껴졌다.

"히메지는 오디션에서 꽤 떨어졌어?"

토요일. 나와 히메지는 번화가에 있는 카페에서 마주 보고 앉아 있었다.

저녁부터 라이브가 시작되기에 그때까지 시간을 때우고 있는 것이다.

"아이돌 오디션요?"

가을 옷으로 바뀐 히메지의 사복은 왠지 세련된 느낌이라 어른 스러웠다.

"응, 그런 거."

히메지는 카페오레를 한 모금 마시고는 딱 잘라 말했다.

"없어요. 떨어진 적 같은 건."

TV 프로그램 같은 곳에서 배우가 오디션에 떨어져서 고생했다는 에피소드를 꽤 들었는데.

"……진짜로?"

"네. 지금 하고 있는 무대 오디션을 포함해서요. 실제로 찾아가서 면접 같은 걸 본 경우만 해당되지만요."

이 녀석, 내가 생각하던 것 이상으로 대단한 거 아닌가……!

후시미도 연전연패했었는데.

"마츠다 씨 선에서 결정이 난 건 마츠다 씨의 열의와 인망 덕분일까요."

그렇다면 다른 곳도 몇 군데 붙었다는 건가?

자신감이 대단할 만도 하겠네.

그때 나는 와카츠키 씨에게서 스카우트 제의가 들어왔다는 이야기를 했다.

"어째서 히나를요?"

"연기를 봤으니까?"

망설이는 듯이 테이블을 내려다본 히메지가 슬쩍 말했다.

"히나 수준인 애는 솔직히 잔뜩 있어요. 외모도 그렇고 연기력도요."

"그 와카츠키 씨가 뭔가 빛나는 구석을 느낀 거겠지."

"네에……."

마츠다 씨도 그랬지만, 히메지도 별로 좋은 반응을 보이지 않았다.

업계인이 보기에는 딱히 드문 이야기는 아닌 모양이다.

"연기력 이야기가 나와서 말인데, 그 이후로 히메지는 실력이 늘었어?"

히메지는 잘 물어봤다는 듯이 가슴을 펴고 의기양양한 미소를 보였다.

"성장한 아이는 장난이 아니거든요? 무대 첫날은 반드시 보러 와주세요. 아마 료는 '아앙~, 그때 아이에게 키스해둘 걸~'이라고 할 테니까요."

그거 내 흉내야? 그런 식으로 보인다고?

"진짜 그러면 어떻게 할 건데."

농담 삼아 그렇게 말하자 히메지는 생각도 못 해봤는지 눈을 깜빡였다.

"그, 그렇게 되어버리면———. 키, 키스든 뭐든 하면 되잖아요."

얼굴을 빨갛게 물들이며 소리치듯이 말했다. 목소리가 컸기에 주위의 시선이 느껴졌다.

"소리가 너무 크잖아. 진정하라고."

내가 그렇게 말했지만 히메지는 멈추지 않았다.

"애, 애초에 키스권을 드렸으니까, 쓰, 쓰고 싶을, 때, 때에, 쓰면 되는데요."

그러고 보니 받았었지. 잊고 있었네.

"무대를 보면 다리가 풀릴 거라고요, 분명히."

"의자에 앉아 있는 상태일 테니 괜찮을 거야. 다리가 풀려도."

농담으로 받아치자 히메지가 마음에 안 든다는 듯이 말했다.

"정말……. 료는 자신의 영역에서 나오질 않네요. 그 대신 상대방의 영역에도 들어오지 않고요."

무슨 말인지 대충 알겠다.

아마 내게서 연애에 대한 욕구 같은 게 별로 느껴지지 않기 때문일 것이다.

"그래서 마음이 편하기도 하지만요."

히메지는 그렇게 혼잣말처럼 중얼거리며 구두 끝으로 내 운동화를 툭툭 건드렸다.

"본인이 해도 된다고 하니까, 해버리면 되잖아요."

히메지가 도발적인 눈빛으로 나를 들여다보았다.

"나도 각오라고 해야 하나, 이런저런 것들이 있잖아."

"역시 그건가요?"

"어? 그거라니?"

내가 되묻자, 히메지는 아무것도 아니라며 고개를 저었다.

"마츠다 씨가 수상을 축하해준다면서 좀 괜찮은 가게를 예약해준 모양이에요."

보아하니 라이브가 끝난 뒤에는 거기에서 식사를 하려는 것 같았다.

히메지가 휴대폰 화면을 보여주었다. 가게의 홈페이지가 떠 있었고, 고등학생이 갈 만한 가게가 아니라는 걸 금방 알 수 있었다.

"마나에게 말해두었는데요…………."

히메지는 내 머리부터 가슴, 테이블 아래에 있는 다리를 각각 관찰하고는 방긋 웃었다. 이렇게 솔직한 미소는 예전의 모습과 겹쳐 보여서 가슴이 두근거린다.

"응! 새삼 봐도 제대로네요."

"마나에게……? 아. 오늘 옷이나 헤어스타일에 잔소리를 해댔던 이유가 그거였구나."

마나는 옷깃이 달린 셔츠를 입으라고 했다. 거기에 차분한 색 재킷을 걸치게 시킨 뒤 '이게 더 멋있어, 오빠야'라고 추켜세워주며 나를 배웅했다.

그 가게의 분위기를 고려할 때, 평범한 옷으로 가면 붕 떠 보이긴 할 것 같다.

라이브는 올 스탠딩 회장인 것 같은데, 그런 곳에 이런 옷을 입고 가도 괜찮은 건가?

"라이브는 관계자석을 마련해달라고 했으니까 팬들 사이에서 떠밀릴 일은 없을 거예요."

내 걱정을 짐작했는지, 히메지가 설명해 주었다.

시간이 되자 우리는 카페를 나섰다. 히메지는 다른 사람들이 알아볼 수 없게끔 선글라스를 끼고 있었다. 민낯을 알고 있는 내가 보기에는 선글라스를 끼는 게 더 눈에 띄는 것 같았다.

"밖에서 라이브를 보는 건 이번이 처음이라 긴장이 되네요……."

"사실은 만나러 가는 게 껄끄러운 거 아니야?"

"처음에는 그랬어요. 그런데 아무래도 제가 멋대로 그렇게 생각했을 뿐인 모양이라, 마츠다 씨는 다른 멤버들이 제 건강 회복과 활동 재개를 기뻐해주고 있대요."

폐를 끼쳤다는 이야기를 예전에 했었는데, 그건 히메지의 착각이었고 멤버들은 그렇게 생각하지 않았던 모양이다.

회장이 가까워지자 팬인 것 같은 사람들이 이곳저곳에서 보이게 되었다.

굿즈를 가방에 달고 있거나, 라이브 티셔츠를 입고 있기도 했기에 금방 알아볼 수 있었다. 오늘 라이브 굿즈를 판매하고 있는 간이 텐트 근처는 사람들이 매우 많았다.

회장 뒷문을 통해 안으로 들어가자 관계자로 보이는 사람들이 히메지에게 말을 걸었다.

'오랜만이야', '잘 지냈어?', '보는 쪽은 이번이 처음이지?' 등등, 스탭들이 이런저런 말을 걸어줬다.

스탭 중 한 명의 안내를 받아 3층에 있는 특별 부스로 왔다. 우리는 열 자리 정도 마련되어 있던 곳 구석에 앉았다. 아래쪽에는 일반 손님들이 이미 많이 들어와 있는 모습이 보였다. 안내용 팸플릿에는 최대 200명을 수용할 수 있다고 나와 있었다.

"'벚모메'의 라이브 중에서는 규모가 큰 편이에요."

전 멤버가 그렇게 가르쳐 주었다.

"마츠다 씨는 이쪽으로 안 와?"

"그 사람은 매니저이기도 하니까, 지금쯤은 무대 뒤에서 신경이 곤두선 상태일 걸요."

아~, 그러고 보니 그랬지.

잠시 후, 조명이 꺼지고 라이브가 시작되었다. 업 템포인 곡부터 시작되고, 펜라이트가 어둑어둑한 와중에 일제히 움직이기 시작했다.

히메지가 곡을 흥얼거렸다. 손동작을 맞춰가며 목의 각도도 틀었다.

"빤히 보지 말아주세요."

곡이 끝나자 히메지가 부끄러운 듯이 그렇게 말했다.

"자기도 모르게 움직여버리는구나, 했을 뿐이야. 오늘은 왜 나를 데리고 온 건데?"

처음엔 탈퇴 때문에 혼자서는 오기 껄끄럽기 때문일 거라 생각했다. 하지만 실제로는 그렇지 않았고, 히메지가 그렇게까지 예민한 성격일 것 같지도 않았다.

"……기운이 없어 보이길래요."

"그래?"

"네. 히나는 그 스카우트 건 때문에 신이 나서 눈치채지 못한 것 같지만, 평소보다 말수가 적었으니까요."

전혀 자각하지 못했다. 하지만 짐작 가는 구석은 있었다.

"신경 써주다니, 신기한 일도 다 있네."

"저를 대체 뭘로 보는 건가요."

옆구리를 살짝 찔렸다.

"아이카 님이잖아?"

히메지가 눈을 흘기며 입술을 삐죽댔다.

"아니에요. 소꿉친구라고요."

그러고 보니 히메지도 소꿉친구였지. 그런 생각을 하며 쓴웃음을 지었다.

그 이후로 무대 위에서 멤버들이 몇 곡 정도를 노래하고 춤추다가 곡 사이에 MC가 들어갔고, 라이브는 두 시간 정도 만에 끝났다.

보컬이 없는 곡이 BGM으로 흐르는 와중에 손님들이 우르르 돌아가는 모습이 보였다.

"어땠나요?"

"직접 보니까 박력이 있어서 대단했어."

어흠, 히메지가 능청스럽게 헛기침을 했다.

"저도 저쪽에 있었다고요."

"거리도 가까워서 팬들이 열중하는 것도 이해가 되네."

"그럴 줄 알았으면……, 티켓을 한 번 정도는 보낼 걸 그랬네요……."

히메지는 무대를 바라보며 작은 목소리로 조용히 중얼거렸다.

"무대 위의 아이카라면 좋아하게 되었을지도 모르겠네."

라이브 영상을 보았을 때도 그렇게 생각했지만, 매료시키는 힘이 있다.

"네? 네? 방금 뭐라고요?"

일어서려 한 내 옷자락을 히메지가 잡아당겼다.

"가자."

"그냥 보낼 순 없어요! 방금 뭐라고 했는지, 제대로 눈을 보고 말해주세요. 안 그러면 보내주지 않을 테니까."

"좋아하게 되는 사람들의 마음을 이해했다고 말한 거야."

"그런 말은 하지 않았어요. 당신은 아이카를 좋아한다고 했다고요."

"다 들었네. 아니, 미묘하게 다르잖아. 그랬을지도 모르겠다는 이야기였고……."

갑자기 옆에 있던 히메지의 좋은 향기가 코에 감돌았다.

그런 생각이 들었을 때는 히메지의 입술이 내 볼에 닿아 있었다.

"…………읏."

히메지의 얼굴이 새빨갛게 물들었다는 걸 어둑어둑한 곳에서도 알 수 있었다. 손수건을 부채처럼 부치며 자리에서 일어섰다.

방금, 키스, 당한, 거지?

"어, 얼른 가죠. 뭐 하고 있는 건가요."

타박타박, 히메지가 내게서 도망치듯이 걸어가기 시작했다.

"히메지, 그쪽이 아닌데."

"읏."

빙글 돌아서서 빠른 걸음으로 계단을 내려가길래, 나도 그 뒤를 쫓아가서 온 길을 따라 회장을 나섰다.

"끝난 다음엔 대기실에 가서 인사를 하곤 하는데, 오늘은 그러지 않을래요. 선물도 아무것도 준비를 못 했고요."

그렇다고 한다.

히메지는 익숙한 듯이 택시를 잡았다. 행선지를 문자 둘이서 장소를 확인하며 운전 기사에게 목적지를 말했다.

달리기 시작한 택시 안은 조용했다. 히메지는 좀 전에 있었던 일에 대해 아무런 말도 하지 않았다.

그러니까 물어보지 않는 게 나으려나.

그렇게 생각하고 있자니 히메지가 알아듣기 힘들 만큼 작은 목소리로 말하기 시작했다.

"아까, 그건…………, 사고, 니까요."

"아, 응."

나는 그렇게밖에 대답할 수가 없었다.

"히나가 적극적으로 변한 게 조금 이해가 되네요. ……이건 료가 잘못한 거라고요."

히메지가 내 손에 새끼손가락을 걸었다.

"꿈쩍도 하지 않으니까."

몸 이야기가 아니라는 건 뉘앙스를 통해 알 수 있었다.

문득, 무언가가 머릿속을 스쳐 갔다.

어둡고 까만 안개 같은 무언가.

그것이 달라붙어서 더 이상 몸과 마음을 움직일 수가 없게 되어버렸다.

"저는 이래 봬도 솔직하다고 생각하니까요."

"그럴 리가."

"뭐라고요?"

히메지가 장난기 어린 시선으로 노려보았다. 내가 항복이라는 듯이 두 손을 들자 그녀가 푸흡, 웃음을 터뜨리며 활짝 웃었다.

"제 속마음까지 읽어내지 않아도 괜찮다고요."

속마음———.

그럴 생각은———.

아니, 무의식적으로 들었나……?

생각하고 있자니 택시가 멈췄기에 요금을 지불한 다음 내렸다.

우리가 도착한 곳은 가게의 정면이었다.

이름을 알 수 없는 관엽식물이 늘어서 있는 출입구를 통해 안으로 들어가자 어둑어둑한 가게 안에서 여러 커플이 와인을 한 손으로 들고 식사를 하고 있었다.

"마츠다로 예약이 되어 있을 텐데요."

다가온 점원에게 내가 그렇게 말하자 기다리고 있었다면서 안쪽 개인실로 안내해주었다.

소파 쪽 자리에 나와 히메지가 나란히 앉았다. 히메지도 별로 익숙하진 않은지 주위를 두리번거리고 있었다. 그런 구석은 귀여운 것 같다.

가게 내부나 인테리어도 어른스러운 분위기라, 우리와는 어울리지 않는 것 같아서 아무래도 진정이 안 된다.

마츠다 씨, 얼른 왔으면 좋겠는데…….

아, 하고 히메지가 목소리를 냈다.

"왜 그래?"

"마츠다 씨가 아무래도 늦을 것 같다고 먼저 시작하라네요."

그녀는 휴대폰 화면을 내게 보여주었다. 방금 말한 내용과 함께 이모티콘이 첨부되어 있었다.

『돈은 내가 낼 테니까, 마음대로 먹으라고 큥에게도 전해줘☆』

비싸 보이는 가게라 조금 안심이 되었다.

"······라이브는 끝난 뒤에도 바쁜데, 끝나는 시간에 바로 예약을 하니까 이렇게 되는 거죠."

히메지가 불평하듯이 그렇게 중얼거렸다.

마츠다 씨는 아직 오지 않을 것 같았기에 우리는 점원분을 불러서 소프트 드링크를 주문하고 신경 쓰이던 요리를 몇 가지 주문했다.

샐러드와 파스타, 피자.

전부 내가 알고 있던 가격의 두 배 정도인 요리가 나왔다.

나와 히메지는 잡담을 하면서 익숙하지 않은 나이프와 포크로 요리를 즐겼다.

"요리가 맛있네요."

히메지는 파스타를 한 입 먹고는 행복한 듯이 눈을 가늘게 떴다.

그런 다음, 가늘고 긴 잔에 따른 호박색 음료를 꿀꺽 마셨다.

점원분이 이 음료가 뭐라고 했지? 뭔가 중2병이 생각해낼 것 같은 기술 이름이랑 비슷했는데.

"푸하~. 맛있네."

"그거, 술은 아니지?"

"논 알코올 칵테일이에요."

그렇다면 괜찮지만. ······괜찮은 건가?

"마나의 밥하고 여기를 비교하면 어떤 게 더 나은가요?"

"여기려나."

"아~! 기어코 진심을 드러냈군요! 마나에게 말해야지!"

"그러지 마! 이르지 말라고!"

집에 가면 두들겨 맞는 게 다가 아니라 한동안 밥까지 굶게 된다고.

농담이었는지, 히메지가 후후후 웃고 있었다.

"이거, 진짜 논 알코올 맞아?"

"마셔보면 되잖아요~."

히메지의 말투가 점점 수상해졌다.

나도 모르는 사이에 히메지가 내 팔에 팔짱을 끼고, 어깨도 항상 닿는 거리가 되었다.

자요, 자요, 그렇게 잔을 내 입가에 들이댔기에 한 모금 마셔보았다.

……탄산이 조금 들어간 주스 같은 느낌이다. 알코올 같은 맛은 나지 않는다.

"아니, 가깝잖아."

"다른 자리도 이런 느낌인데요."

이 개인실로 들어오기 전, 힐끔 보인 다른 개인실은 남녀 커플이 달라붙어 있는 달콤한 공간이었다.

"이러지 않는 게 오히려 부끄러운 거라고요."

"오히려는 무슨."

지나가던 점원분을 부른 히메지가 다시 긴 외래어 이름을 지닌 음료를 주문했다.

마츠다 씨가 돈을 내준다고 해서 마구 주문해댔다.

그게 나오자 들고 있던 잔을 기울여서 비운 다음, 그 잔을 점원분에게 건넸다.

몸을 여전히 밀착시키고 있던 히메지는 마치 코알라처럼 내 팔에 달라붙어 있다.

"…………한다는 이야기는, 못 들었다고요…….."

"한다고? 뭘?"

"무대에 키스 신이 추가된다고 해요."

"호, 호오."

"연출가나 마츠다 씨도 물어보시길래……, 오케이했고요."

"그렇구나."

"아, 아직 첫 키스도 하지 않은 애로 보, 보이긴 싫었다고요."

"이상한 허세는 부리지 마."

"다른 계집애들에게 얕보일 테니까요."

계집애라니, 제일 어린 네가 제일 계집애잖아.

자존심이 센 히메지답다고 할 수도 있겠지만.

"아무튼, 키스 신 때 실제로 키스를 할지는 모르겠지만, 연습으로……, 저기, 저는 지금부터 당신에게 키스를 하겠어요."

"아니, 뭐, 무슨 선언이야?!"

당황한 나와는 달리 히메지는 눈이 진심이었다.

"료라면 딱 좋죠."

"좋긴 뭐가 좋아. 그런데, 장소……, 여기, 가게고."

"점원분은 부르지 않는 이상, 오지 않아요. 엿보려고 하는 비열

하고 천박한 손님도 없고요."

"그런 문제가 아니라."

"싫으신가요? 저하고 하는 건."

평소에는 자신만만하던 히메지의 눈동자가 불안한 듯이 흔들렸다.

"아니, 그런 건 아닌데."

"──료는 자각하지 못하는 것 같지만요."

히메지는 그렇게 말한 다음, 계속 이야기했다.

"료의 주박은 이 여신 아이가 풀어드리겠어요."

"대체 무슨 소린데……. 주박? 역시 취했구나, 히메지."

히메지가 갑자기 힘이 빠진 듯이 살짝 웃었다.

"취한 거 아니에요. 논 알코올이라고 했잖아요. 히나에게 치사한 애라고 했지만……, 분위기와 이유를 들이대면서 료가 '키스를 당해도 어쩔 수 없겠구나'라고 생각하게 만들 정도로는 저도 치사한 짓을 하고 있는 것 같아요. 그 정도로 귀여운 치사함은 허락해주세요."

히메지가 귓가에 속삭이는 듯이 그렇게 말한 다음, 내 어깨에 손을 얹은 채 얼굴을 가져다 댔다.

달아오른 볼과 통통한 분홍색 입술이 내 입술과 살며시 닿았다.

촉촉한 느낌인 히메지의 눈동자 안에 내 모습이 비치고 있다.

히메지가 손가락 끝으로 입술을 확인하듯이 쓰다듬은 다음, 내게서 물러나서 등을 돌렸다.

"……야, 양치질, 하고 나서 할 걸, 그랬네, 요…………."

"나야말로……."

나는 그럴 준비를 할 틈도 없었지만.

너무 갑작스러운 일이라 머리가 아직 멍해서 잘 돌아가지 않는다.

"처음 한 거 아니죠?"

"…………응."

"그냥 떠봤더니! 제대로 걸렸군요!"

찰싹, 그녀가 내 볼을 살짝 때렸다.

"아얏?!"

"료는 바람둥이! 왜 멋대로 키스를 하는 건데요! 어, 어차피 히나랑 했죠?!"

"어차피라니, 그게 무슨 소리야. 어차피라니."

그렇긴 하지만.

"제가 먼저 약속했는데……, 정말! 이! 바람둥이!"

히메지는 내 팔을 쾅쾅 밟아댔다.

아프긴 하지만 그걸로 마음이 풀린다면 그렇게 해줘…….

"며, 몇 번이나 했죠?"

"딱 한 번. 기세를 못 이겨서 해버렸다는 느낌이었고……."

"그랬군요. 한 번이라고요."

흐음, 흐음, 히메지는 그렇게 말하며 납득한 것 같았다.

"틈만 나면 뽀뽀를 해댄 게 아니라는 거죠."

"응, 맞아."

"짜증이 나긴 하지만, 그렇다면 용서해드리죠."

여신님께서 용서해주셨다.

"아니, 제가 방금 한 건, 저기, 그거니까요. 연습이에요. 연습할 대상이 마침 좋은 타이밍에 눈앞에 있었던 것뿐이라고 해야하나, 그런 거요."

히메지는 새침한 표정으로 미리 준비해둔 것처럼 그럴싸한 이유를 주절주절 늘어놓았다.

"나로 연습하지 말라고……."

"그럼, 다른 남자하고 뽀뽀를 해도 된다는 건가요? 아이의 입술은 그렇게 싼 게 아닌데요."

"그런 말은 안 했잖아."

깔깔, 히메지가 웃으며 유쾌하게 몸을 흔들었다.

묘하게 신이 났다. 말수도 많고, 음료도 계속 마시고, 그에 맞춰 식사도 빠르게 해나간다.

키스 때문에 쑥스러워진 마음을 감추려는 걸까.

히메지가 고개를 살짝 갸웃거리고는 나를 들여다보았다.

"연습을 한 번 더 하고 싶다고 하면, 어떻게 할 건가요?"

"인형을 줄게."

"정말~. 솔직하지 못하네요~."

히메지는 신이 나서 다시 내게 몸을 기댔다.

◆후시미 히나◆

마나가 골라준 옷을 입은 나는 톱 에이전시 사무소에 왔다.

직접 만나서 이야기를 하고 싶다고 와카츠키 씨가 요청했기 때문이다.

그 영화만을 보고 '우리 사무소에 와줬으면 좋겠다!'라고 형편 좋게 일이 풀리진 않은 모양이다.

"으으으……, 긴장되네……."

사무소는 고층 빌딩 안에 있었고, 몇 층인지 다시 한번 확인하고는 엘리베이터 안에서 25층 버튼을 눌렀다.

료 군과 아이는 오늘 데이트를 하러 갔다.

라이브에 간 다음에는 밥을 먹는 모양이었다. 나도 가고 싶었지만, 시간이 이번 면담과 겹쳐버렸기에 마음에 걸리긴 해도 두 사람에게 다녀오라고 말하기로 했다.

지금쯤 두 사람은 뭐 하고 있을까.

아이는 툭하면 오기를 부리니까 억지스러운 짓은 안 하겠지만……

엘리베이터에서 내린 다음, 안내판에 나온 대로 복도를 나아가 그럴싸한 문을 열었다.

"아, 안녕하세요……? 후시미, 히나, 라고 합니다……."

안에는 사복을 입은 여자가 몇 명 있었고, 컴퓨터 앞에서 뭔가 일을 하고 있었다.

다들 수준이 높아 보이는 데다 멋진 옷을 입었다.

한 언니가 내가 온 것을 눈치챘다.

"후시미 양? 와카츠키에게 이야기를 들었어요. 이쪽으로 오시죠."

"네, 네. 부탁함다……."

내가 긴장해서 혀를 깨물자 언니가 쿡쿡 웃었다.

응접실로 보이는 곳으로 안내받은 다음, 권해주는 대로 소파에 앉았다.

"금방 돌아올 테니까 편히 기다리렴."

"네, 네."

완전히 굳은 채 기다리던 동안, 나는 어젯밤부터 혼자서 생각했던 Q&A 리스트를 다시 떠올려 보았다.

하지만 진정이 되지 않아서 떠오르던 질문이 금방 사라져버렸다.

영화 콩쿠르 심사를 맡을 정도로 대단한 사장님이니까 이상한 사람은 아니겠지만…….

'너를 야한 여배우로 키우고 싶어'라는 말을 하면 어쩌지. 그쪽 계열은 싫다고 말한 다음에 바로 집에 가야겠다.

안절부절못하면서 20분 정도 기다리고 있자니 문을 노크하는 소리가 들렸다. 나도 모르게 등을 쭉 폈다.

"실례합니다."

안으로 들어온 사람은 30대 초반 정도에 멋진 정장을 입은 남자였다. 굵은 목소리와 섹시한 수염이 인상적이었다.

"와카츠키입니다. 처음 뵙겠습니다."

나는 일어서서 인사했다.

"처으으으음, 뵙겠습니다. 후시미 히나입니다."

또 있는 힘껏 혀를 깨물어버려서 창피해졌다.

"앉아, 앉아. 딱히 잡아먹으려는 건 아니니까 긴장하지 말고."

"네."

나는 그렇게 말한 다음 다시 자리에 앉았다.

서로 자기소개를 한 다음, 잠깐 잡담을 했다. 내가 긴장을 풀자 그제야 본론으로 들어갔다.

"히나는 연기 쪽으로 해나가고 싶은 건가?"

"마, 맞아요. 무대도 한 번 경험이 있고……."

연출가 이름을 말하자 와카츠키 씨도 금방 알아챈 모양이었다.

"호오. 그 사람 작품. ……그런데 말이지, 처음부터 여배우를 하는 건 현실적으로 좀 힘들지. 원하는 걸 맞춰주지 못해서 미안하지만 말이야. 힘들다는 건 오디션에 응모할 수는 있겠지만 유명한 역할을 좀처럼 맡기 힘들 거라는 뜻이야."

"그런가요."

나는 그렇게 말하며 어깨를 늘어뜨렸다. 어째서 그런 건지, 와카츠키 씨가 설명해 주었다.

고등학생 정도 배역은 솔직히 말해서 20대 초반인 사람이 중심으로 맡게 되고, 나 정도 나이는 오히려 애매하다고 한다. 반대로 조금 어린 나이인 배역을 연기할 경우에는 아역 출신이 중심이고, 연기 경력이나 경험으로 보면 승산이 없다고 했다.

"대사가 없는 반 여자애 A나 그런 엑스트라가 메인이 되겠지, 처음에는."

"괘, 괘, 괜찮아요. 그렇게 되더라도요."

처음부터 주역 같은 걸 맡기는 힘들 거라 생각했기에 낙담하긴 했지만, 이미 예상했던 범위다.

"우리 사무소 소속이 되면 그렇다는 이야기니까 다른 곳에서 다른 방식으로 데뷔할 수 있다면 그쪽이 히나에게는 더 나을지도 모르고."

그런 사무소가 있었다면 이미 나도 그곳 소속이 되었을 것이다.

면접을 볼 때마다 터무니없는 이야기를 들었고, 수영복 심사를 보는 곳도 있었다. 면접관 아저씨가 얼굴을 보고, 가슴을 보고, 다리를 보고……, 그렇게 기분 나쁜 시선에 노출되기도 했다.

"그건 그렇고 히나. 어머니하고는 지금 어떤 느낌이야?"

어렸을 적 어머니와의 기억이 문득 되살아났다.

"어머니, 말씀이신가요? 어떤 느낌이냐니……, 그게 무슨."

"사이는 좋은가 싶어서."

"연락은 거의 안 해요. 생일에 선물을 보내주는 정도고……."

"그렇구나. 아시하라 사토미 씨는 내가 어렸을 때 인기가 정말 많았던 여배우였거든. 이 업계에 들어온 뒤에도 그 이름을 자주 들었고. 이제 주역을 맡는 경우는 별로 없지만, 존재감이 있고 멋진 연기자야."

나는 그 사람을 어머니로만 알고 있다. 어렸을 때 나갔기에 추억도 별로 없고, 출연 작품도 본 적이 없기에 여배우로서의 어머니를 칭찬받더라도 아무런 느낌도 들지 않는다는 게 솔직한 감상이다.

"그렇게까지 일을 꾸준하게 할 수 있었던 이유는 가장 큰 사무소에 소속되어 있었기 때문이기도 하겠지만."

"어머니는 상관없어요."

나는 딱 잘라 말했다. 영향을 받았다거나, 핏줄이라거나, 그런 말을 듣고 싶진 않았다.

"앞으로도 어머니와의 관계가 좋아질 것 같진 않고?"

"네. 아마도요. 일에만 빠져 사는 사람이라는 이미지밖에 없으니까, 저도 신경 쓰지 않을 거예요."

만약에 내가 이 업계에 들어간다 하더라도 어머니는 그냥 아는 사람 정도로만 대할 것 같다는 느낌이 든다.

"흐음……, 실제로는 그랬던 거구나. ……그래, 그래, 아쉽군."

와카츠키 씨가 조용히 그렇게 말했다.

아쉽다고……?

"시간을 뺏어서 미안하군. 이야기는 여기까지만 하자고."

와카츠키 씨가 곧바로 일어섰다.

"네?"

내 연기의 어떤 부분이 좋았다거나 사무소에 소속되려면 어떻게 해야 한다거나, 그런 조건 같은 건 아무것도…….

혹시 보고 있었던 게, 내 연기나 나 자신이 아니라 어머니 쪽이었던 걸까.

큰 사무소라고 했으니 나를 통해서 뭔가 연결고리를 만들려는 생각이었나……?

"저, 저기! 이 사무소에 들어온다거나……, 그런 이야기는…….."

참지 못하고 질문하자 와카츠키 씨는 내게 흥미를 잃었는지 딱히 감정도 드러내지 않고 말하기 시작했다.

"히나, 이야기는 들었어. 이 업계는 꽤 좁으니까. 사무소 오디션에서 계속 떨어지고 있다면서. 떨어지는 데는 떨어지는 이유가 있다고. 반대로 이 애라면, 하는 생각이 들게 만들 정도로 매력이 있는 애는 얼마든지 합격하지. 단점이 좀 있다 해도 말이야."

얼마든지 합격한다…… 곧바로 아이가 떠올랐다.

"일곱 번이나 오디션을 봤는데 한 번도 합격하지 않았다면 오디션을 진행한 현장 매니저나 사장이 히나에게서 빛나는 무언가를 느끼지 못했다는 뜻이야."

갑자기 밀어닥친 현실 때문에 아무런 말도 할 수가 없어졌다. 그 대신 눈물이 눈 안쪽에서 배어나왔다.

그런 건 내가 제일 잘 알아.

"화려한 업계니까 동경하는 건 이해가 돼. ……연예계에는 흥미가 있는 거지?"

"그건……, 네."

"다른 사무소 사장님을 소개해줄게. 그때는 어느 정도 '참아야만' 할 수도 있겠지만———."

그 눈이다.

음침하고 기분 나쁜 습기를 띤 그 눈.

얼굴을, 눈을, 가슴을, 허리를, 허벅지를, 다리를, 그런 눈으로 빤히 바라본다.

견디고 있기만 해도 내 안에 있는 소중한 무언가가 닳아 없어지는 듯한 느낌이 들었다.

"그럼에도 불구하고 우리 사무소에 들어오고 싶다면 역시 '참을' 필요가 있을 거야. 아무것도 없는 애가 출세하려면 헝그리 정신이 필요하니까."

나는 뭔가 말실수를 할 것 같았기에 입술을 꽉 깨물었다.

그대로 가만히 있었다면 오열하는 목소리가 나왔을지도 모르겠다.

나는 일어서서 인사를 한 다음에 응접실에서 나왔다.

눈물이 북받쳤다.

나 같은 건 보지도 않았구나.

내게 접촉해온 건 어머니를 노리고 있었기 때문에.

내가 오디션에 계속 떨어지고 있다는 걸 알면서도 그런 제안을.

분하고, 한심하고, 현실이 괴로워서 시야가 눈물 때문에 흐려졌고, 앞이 보이지 않게 되었다.

◆타카모리 료◆

"마츠다 씨가 나중에 돈을 내러 와준다고 하네요."

휴대폰을 확인한 히메지가 그렇게 말해주었다.

나도 히메지도 사양하지 않고 마구 먹어댔으니 얼마나 나올까. 1만 엔은 가볍게 넘을 것 같다.

히메지 이야기에 따르면 이곳은 마츠다 씨가 단골인 가게라 후불로 계산하는 것 정도는 가능한 모양이었다.

이런 가게의 단골인 마츠다 씨는 역시 좀 멋지다. 그쪽 사람이지만.

"잠깐만 화장실."

"그럼, 저는 먼저 나가 있을게요."

히메지가 혼자 가게 밖으로 나갔다. 가슴을 졸이며 지켜보고 있었지만, 점원이 무전취식이라며 의심하는 것 같지는 않았다.

화장실로 가던 도중에 개인실에서 여자의 앙칼진 웃음소리와 남자의 굵은 웃음소리가 들렸다.

"네~? 슬쩍 보기만 했지만 귀여운 애였잖아요~?"

"얼굴은 괜찮긴 하지. 그래도 딱히 눈여겨볼 정도까지는 아니라고 해야 하나."

이 굵은 목소리……, 최근에 어디선가 들은 적이 있는 것 같은데.

"딱히 눈여겨볼 정도가 아니라고 하시는데, 사장님께서 사무소로 불러내셨잖아요?"

쿠후후, 여자가 웃음을 억누르다가 새어 나온 목소리가 들렸다. 마치 결말을 알고 있는 유머를 듣는 것 같았다.

"꿈꾸는 소녀에게 현실을 가르쳐주려고 말이지."

"성격 안 좋으시네~."

남자를 비난하는 것 같은 말이었지만, 목소리로 보아 진심으로 그렇게 생각하는 건 아니었다.

"우는 것처럼 보이던데요~? 면담 때 괴롭히셨죠?"

"그런 건 아니야. 그리고 내 앞에서는 울지 않았다고."

들어본 적이 있는 목소리. 이야기의 내용. 나는 어느새 무심코 엿듣고 있었다. 짐작이 가는 부분이 몇 가지 있다.

귀여운 애, 이 목소리, 면담.

후시미 이야기 아닌가? 그렇다면 이 목소리는 분명히 와카츠키 씨일 것이다.

"아시하라 사토미하고 그쪽 사무소에 연줄이 있을 줄 알았는데, 기대가 어긋났다고."

아시하라 사토미라면, 후시미네 어머니였지.

그렇다면, 이 녀석―――, 연줄을 노리고 후시미를.

"그래서, 사무소에 받아주진 않았나요?"

"아니, 그건 그녀가 하기 나름이지. 다른 곳을 소개해줄 수도 있다고도 했고, 우리 사무소에 들어와도 된다고도 말해두었거든. 공짜로 받아줄 수는 없으니까 그에 맞는 '육체노동'을 요구하겠다고 했지만."

"우와, 짐승~."

"모두에게 그런 제안을 하지 않는다는 건 알고 있잖아. 우리가 부탁해서 들어오게 만드는 애하고 그렇지 않은 애의 차이지. 뭐, 아무래도 상관없어. ―――잠깐 실례하지."

후시미가 울고 있었다고 했지.

나는 그 녀석이 오늘을 얼마나 기대하고 있었는지 알고 있다.

취미로 찍은 영화로 인해 내가 주목을 받은 것과 여배우가 꿈이었던 후시미는 무게가 전혀 다르다. 여름방학에도 몇 군데 오디션을 보았다가 진심으로 풀 죽고, 자신감을 잃어버렸을 때도 있었다.

그러다가 겨우 자신의 연기를 인정받았다면서 오늘까지 날마다 들떠 있었는데———.

그 마음을 생각하니 분해서 자연스럽게 주먹을 꽉 쥐고 있었다. 악문 어금니에서 삐걱대는 소리가 들렸다.

우리가 있던 개인실보다 더 고급스러운 느낌이 드는 VIP석 같은 곳에서 남자 한 명이 나왔다. 이 녀석이 아마 그 녀석일 것이다.

멋진 정장을 입었고, 비싸 보이는 손목시계를 차고 있다.

아마 화장실에 가는 것 같다.

그는 어둑어둑한 통로에 멈춰 서 있던 나를 수상쩍어하는 눈으로 바라보며 지나쳤다.

"저기, 잠깐만."

나는 와카츠키 씨의 어깨에 손을 대며 불러세웠다. 나도 모르는 사이에 힘이 들어가 버려서 꽉 잡게 되었다.

"응?"

그가 불쾌하다는 듯이 이쪽을 돌아본 순간이었다.

쥐고 있던 주먹으로 있는 힘껏 얼굴을 때렸다.

뻐억, 둔탁한 소리가 울렸다. 이상한 곳에 맞은 모양이었다.

"끄억……."

와카츠키 씨는 뒷걸음질하다가 엉덩방아를 찧었다.

주먹이 아프다. 왠지 다리가 떨렸다. 거칠어진 호흡이 서서히 가라앉았다.

와카츠키 씨는 아픔보다 놀라움이 앞서는지 통로에 넘어진 채로 볼을 누르며 눈을 휘둥그레 뜨고 있었다.

"어. 뭐, 어……? 누, 어, 누구야?"

때린 순간부터 단숨에 머리가 식었다.

내가 지금 뭐 하고 있는 거야.

이 녀석에게 해주고 싶은 말은 산더미처럼 있었다. 하지만, 마츠다 씨가 단골인 가게에서 더 이상 소란을 피우는 것도 바람직하지 못하다.

나는 와카츠키 씨의 질문에 대답하지도 않고 재빠르게 가게 밖으로 나갔다.

나도 히메지와 마찬가지로 점원이 불러세우지는 않았다.

"왜 그래요? 료."

가게 밖에서 기다리고 있던 히메지가 걱정스러운 듯이 물었다.

"왜 그러냐니, 뭐가."

"눈이 무서운데……."

"아무것도 아니야."

가자, 나는 그렇게 말하며 히메지를 재촉했다. 쥐고 있던 주먹을 히메지가 천천히 풀어주었다.

그런 변화를 눈치챈 히메지가 아무것도 아니라고 한 내 말을 믿을 것 같진 않았다.

말없이 역을 향해 걸어가다 보니 히메지가 다시 물었다.

"무슨 일이 있었나요? 저기, 화장실에 먼저 온 손님들이 많이 있어서 싸버릴 것 같은데 참고 있다거나……."

농담인지 진심인지 잘 모르겠지만, 맥이 빠져버렸다.

"아니, 화장실하고는 상관없어……."

"그럼, 왜 그러시는데요."

나는 심호흡을 한 번 한 다음, 좀 전에 일어난 일을 간단히 말해주었다.

"……그 가게에 톱 에이전시 사장이 있었고, 그런 말을 했다고요?"

그녀는 눈살을 찌푸리며 불쾌함을 드러냈다.

"그래서 뭐, 좀……, 감정적인 모습을 보였어."

눈을 연달아 깜빡이는 히메지.

어차피 '료답지 않아요'나 '화를 내다니, 신기하네요' 같은 말을 하겠지.

나도 그렇게 생각하니까.

"료는 겉보기와는 달리 정의감이 강하니까 그런 상황이 될 수도 있겠지만요……."

왠지 모르겠지만 납득했다.

히메지는 내가 그를 때린 것에 대해 전혀 다그치지 않았다.

"다시 만났을 때는 저를 치한으로부터 구해주려고도 했고요. 분명 의협심 같은 게 강한 거겠죠."

"그런가. 그런데, 처음으로 사람을 때렸어."

"그건 좋은 경험이었네요."

히메지는 아무렇지도 않게 말했다. 오히려 공을 세웠다는 듯한 분위기였다.

"어떤가요? 감상이."

"사람을 때리는 건 바람직하지 못한 것 같네. 손이 아파."

"료다운 감상이에요."

역에 도착하자 들어온 전철을 타고 집과 가까운 역으로 돌아갔다.

"혹시……."

전철을 탄 뒤로 계속 이어지던 침묵을 깬 사람은 히메지였다.

"혹시 그게 저였다면 료는 똑같이 행동했을까요?"

"어……, 글쎄."

갑작스러운 질문이라 확실하게 말하지 못했다. 우리는 집과 가까운 역에서 내려서 어두워진 길을 걸어갔다. 이미 캄캄해서 별이 예쁘게 보였다.

"제가 히나 같은 입장이었고, 료가 그런 짓을 했다는 걸 알게되면 찡해져서 큰일이 나버릴 거예요."

"큰일이 난다고?"

히메지는 한숨을 쉬고는 눈을 흘기며 나를 다그쳤다.

"그런 걸 굳이 물어보다니, 촌스러움 오브 촌스러움이네요."

"미안하게 됐네. 말꼬리를 흐리길래 신경 쓰였다고."

마침 우리는 후시미네 집 쪽으로 가는 갈림길에 서 있었다.

"후시미가 어떤 상태인지 보러 가지 않을래?"

그렇게 제안하자 히메지가 고개를 저었다.

"저는 안 돼요. 그 애의 라이벌이니까요. 위로해주더라도 거만한 위로가 되어버릴 테고, 불합격한 사람의 심정을 이해해줄 수가 없거든요."

솔직하게 자기 생각을 이야기하는 히메지.

후시미가 보기에는 그럴지도 모르겠다.

"알겠어. 그럼, 또 보자. 오늘은 고마워. 즐거웠어."

"저야말로. 저, 저도……, 즐거웠어요……."

나를 올려다보며 쑥스러운 듯한 표정을 짓던 히메지는 작은 목소리로 그렇게 말한 다음 등을 돌려서 떠나갔다.

헤어진 뒤로 걸어서 2분 정도 걸리는 후시미네 집에 가자 할머니가 고개를 내밀었다.

"아~, 타카모리네."

"안녕하세요. 후시미……, 히나 양은 있나요?"

"그게 말이지, 아직 돌아오지 않아서. 연락은 되는 모양인데, 대체 어딜 가버린 건지……."

아직 집에 오지 않았다고?

이미 늦은 시간이다. 역시 오늘 있었던 일 때문에 풀 죽은 모양이다.

"알겠습니다. 저도 찾아볼게요."

"그러니? 고맙다."

나는 살짝 인사를 한 다음, 후시미네 집을 나섰다.

어디 간 거야, 후시미. 연락은 되는 것 같으니 행방불명된 건 아닌 모양이지만, 어디 있는지 밝히지 않는 것 같다.

면담을 마친 뒤로 거리에서 어슬렁거릴 것 같진 않다.

다른 누군가와 놀고 있을 것 같지도 않았다.

그 녀석은 예상보다 의외로 친구가 별로 없다.

학교에서는 이야기를 나누는 사람이 잔뜩 있지만, 개인적으로 무언가를 한다고 했을 때 후보로 들 수 있는 사람은 나와 토리고에, 가끔 히메지. 교우관계는 그 정도뿐이다.

후시미가 있을 법한 장소를 찾아다니다 보니 여름 축제가 진행되었던 가로수길 벤치에 사람이 한 명 보였다.

"⋯⋯후시미?"

말을 걸어보니 역시 그녀였다.

"아, 료 군. 무슨 일이야?"

"무슨 일은 무슨. 그건 내가 할 말이지. 이런 곳에서 뭐 하고 있는 거야."

"멍하니 있었어."

후시미가 옆을 툭툭 두드렸기에 거기 앉았다.

"오늘 면담을 했잖아? ⋯⋯나, 료 군에게 사과해야만 하는 게 있어."

"나한테? 사과를 한다고?"

내가 후시미에게 사과할 일은 잔뜩 있겠지만, 그 반대는 거의 없다.

면담 때는 아마 대놓고 험한 말을 들었을 것이다. 그 건에 대해서 나에게 사과하고 싶은 게 대체⋯⋯.

"나, 료 군의 마음도 모르고 들떠버렸어. 사실은 그 영화 덕에 주목받아야 할 사람은 료 군인데."

"그런 거였구나."

긴장하던 나는 안도의 한숨을 쉬었다.

"그런 거 아니야. 료 군을 발판으로 이용한 것 같아서⋯⋯, 나,

기분 나쁘게 굴었던 것 같아."

소리 내어 반성하는 후시미는 발끝을 가만히 바라보았다.

"뭐, 그야 위화감 같은 게 들긴 했지만, 영화 감독이 되고 싶냐고 물어본다면 난 곧바로 대답할 수 없을 거야. 하지만, 후시미는 그렇지 않잖아."

나를 인정해줬으면 하는 마음은 있었지만, 후시미의 각오와 열의, 노력을 알고 있었기에 연예 사무소에서 연락이 온 것도 기뻐해줄 수 있었다.

사과해야만 하는 사람은 나다.

그런 녀석을 소개해줘 버려서.

"나, 오늘에야 알았어. 연락했던 와카츠키 씨, 내가 아니라 어머니하고 그 사무소가 목적이었던 모양이야."

그 녀석이 본인에게 그렇게 말했구나.

나는 '그렇구나'라고만 대답했다.

내가 걱정을 끼치지 않으려고 묘하게 밝은 모습이다. 그래서 오히려 더 걱정이 되었다.

"연기가 아니었어. 나를 본 게 아니었어. 그래서 료 군도 이런 마음이 든 게 아닐까 해서."

"나는 상관없어."

위로해주려고 해도 말이 나오지 않았다. 오디션에서 연달아 떨어지던 와중에 이런 일이 생겼다. 일부러 연예 사무소의 사장님이 말을 걸다니, 좋은 기회라고밖에 볼 수가 없었는데.

오기 부리지 않고 마츠다 씨네 사무소에 가면……, 그 말이 목까지 넘어왔지만 참았다.

연줄로 들어가는 것 자체가 지금은 제일 싫을 것이다.

"마음만 먹으면 들어갈 수 있는 것 같긴 해, 그래도⋯⋯."

"됐어, 이제 더 이상 말하지 마."

엿들었던 내용이 모두 사실이었다.

입을 연 후시미의 목소리는 울음소리였다.

"모처럼 료 군의 영화에 출연해서 다른 사람들이 봐줬는데, 이대로 아무 일도 없이 끝나면⋯⋯."

"나는 신경 쓰지 마. 모처럼 만들어준 기회를 날려버렸다는 생각은 안 하니까."

아마 히메지의 존재가 크지 않을까.

그렇게 연예 활동을 하고 있는 소꿉친구가 근처에 있고, 후시미는 그 녀석과 무대 주연을 두고 경쟁하다가 아쉽게 졌다. 의식하지 않을 리가 없다.

결국 사무소 오디션에서는 연달아 떨어졌으니 초조하지 않을 리가 없다.

"잘 나가는 여배우 중에 고등학생 때부터 착착 활약했다는 경우는 적잖아. 히메지는 아이돌로 활동했으니까 특히 빨랐을 뿐이고, 신경 쓰지 않아도 될 것 같은데."

훌쩍이기 시작한 후시미의 등을 쓰다듬어 주었다.

"미안⋯⋯ 미안해. 나, 료 군, 항상 곤란하게 만들고⋯⋯."

"아니. 항상 폐를 끼치는 건 나니까."

조금 차분해지자 나는 집에 연락하라고 권했다. 후시미는 곧바

로 아버지에게 연락했고, 나도 같이 있다는 이야기를 했다.

이미 시간이 늦어서 날짜가 바뀌려 하고 있다.

"아이하고 외출했잖아, 오늘."

후시미가 불만이라는 듯이 입술을 삐죽댔다.

"즐거웠어? 응? 즐거웠어? 나는 완전히 풀이 죽었었는데~."

"그렇게 될 줄은 몰랐지."

"즐거웠던 느낌이니까, 료 군. ……아이의 가슴에 홀린 건 아니야?"

후시미는 미간을 찌푸리며 악의가 잔뜩 담긴 표정을 보이고 있었다.

"즐거운 거랑 가슴은 상관없잖아."

"알콩달콩했어?"

"안 했어."

"거짓말."

"어?"

"아이의 향수 냄새가 나…….."

슬쩍 일어선 후시미가 나를 두고 걸어가기 시작했다.

"료 군에게도 아이는 특별하구나."

화가 난 듯한, 그러면서도 담담한 말투였다.

히메지는 후시미에게도 특별한 사람일 텐데. 그렇게 말하려던 나는 후시미를 쫓아갔다.

"오늘은 집에 갈래. 쫓아오지 마!"

"좀 전까지 울더니, 감정이 대체 어떻게 된 거야. 바래다줄게.

집에 제대로 들어가는지 지켜볼 거야.”

“정말~~~! 됐거든요!”

어린애처럼 토라지고는 내게서 도망치듯이 빠르게 걸어간다.

“화가 났다고 빨리 걷는다니, 어린애냐고…….”

“료 군도, 아~~~무것도 눈치채지 못하는 어린애잖아!”

“화내지 마.”

“화 안 났거든.”

그렇게 말하면서도 화가 난 모양이었다. 터벅터벅, 발소리도 평소보다 더 크게 내고 있고.

“다시 일어서지 못할 정도로 풀 죽었나 싶더니…….”

화를 내고 있긴 하지만, 의외로 기운이 넘치는 것 같아서 나는 안심했다.

“나를 화나게 만들려고 왔어? 그렇다면 성공하셨네요.”

“그런 거 아니야. 격려해주러…….”

더 이상 말하면 후시미가 풀 죽었다는 걸 처음부터 알고 있었다는 사실을 들키게 된다.

하지만 내 걱정은 기우로 끝났다.

“그래. 격려하게 해줄게.”

“오, 오오?”

새삼 그렇게 말하니 뭘 해야 할지 곤란한데.

“음……. 힘내라, 괜찮아! 어떻게든 될 거라고! 다음 기회야! 다음! 마음을 다잡고 가자.”

마치 운동부처럼 손뼉을 치며 후시미를 격려해 보았다.

"뭔가 아닌데에."

그녀는 고개를 갸웃거리면서도 후훗, 미소를 지었다.

"뭐, 좋아. 마킹한 것처럼 아이의 냄새를 풍기고 있긴 하지만, 격려받은 걸로 해줄게."

엄청나게 앙심을 품고 있네…….

집 앞까지 바래다준 다음, 나는 후시미와 손을 흔들며 헤어졌다.

이제 마음을 다잡아주면 좋겠는데.

후시미에게 오늘 이야기를 다시 듣고 나서도 역시 그 녀석은 용서할 수가 없겠다.

⑧ 인카운트

"어제는 미안했어어."

현장으로 가는 도중에 차 안에서 마츠다 씨가 항상 그랬듯이 늘어지는 말투로 내게 사과했다.

"아뇨. 바쁘셨을 테니까 괜찮아요."

"다른 사람의 돈으로 먹은 디너는 어땠니?"

"엄청나게 맛있던데요."

"그거 다행이네."

내가 비꼬는 게 아니라 그 가게를 마음에 들었다고 하자 마츠다 씨는 솔직하게 기뻐했다.

평소에는 사장실에서 연락 담당자로서 각 회사의 각 담당자에게 마츠다 씨의 답장을 보내는 일을 하지만, 오늘은 신기하게도 다른 곳으로 따라가고 있었다.

"그래서, 어디 가는 건가요?"

"수록 스튜디오. 어제 '벚메모' 라이브에서 신곡을 발표했잖아아? 그 MV를 촬영할 거거든. 흥미가 있으려나아 싶어서."

프로 현장이 어떻게 돌아가는지 흥미가 있긴 하다.

"큥은 네 명 중에서 누가 마음에 들었어?"

그 안에 히메지가 있었구나, 그렇게 생각하니 역시 히메지는 존재감이 한층 더 강한 것 같았다.

"다들 멋있고 귀여워서 딱히 누구 한 명을 고르진 못하겠네요."

"정말, 모범생 같은 대답이잖아."

마츠다 씨가 큭큭 웃었다.

30분 정도 후 수록 스튜디오에 도착한 뒤 스탭용 출입증을 받아서 목에 걸었다.

"저기, 저는 뭘 하면 될까요."

"견학하렴."

서 있던 경비원에게 출입증을 보여주고 작은 입구를 지나자 제3 스튜디오라고 적힌 간판 아래 있던 문을 열고 안으로 들어갔다.

그곳에서는 어둠 속에서 어른들 여러 명이 조명을 조정하거나 크레인 카메라의 움직임을 확인하는 등, 다양한 일을 하고 있었다.

이미 소품이나 그럴싸한 도구가 준비된 상태다.

"그럼, 나는 관계자에게 인사하고 올 테니까 마음대로 보고 있으렴."

마츠다 씨는 대답할 틈도 없이 준비 상황을 지켜보고 있던 정장 차림 중년 남자에게 말을 걸었다. 슬쩍 들은 단어로 보아 아무래도 음반 회사 사람인 것 같았다.

마츠다 씨가 벚꽃빛 모멘트는 마이너 아이돌이라고 했다. 메이저와 마이너를 구분하는 기준이 뭐냐고 물어봤더니 소속된 음반 회사란다.

'메이저는 메이저대로 이것저것 힘들단 말이지~'라고 언제였나 하소연처럼 말했던 게 기억난다.

히메지도 이렇게 촬영을 했었구나.

라이브 때도 그랬지만, 스포트라이트를 받는다는 건 사람에게 어느 정도 자신감을 들게 해주는 건지도 모르겠다.

"멤버 여러분, 들어갑니다~."

어디선가 목소리가 들리자 박수 소리가 울렸다. 멀리 떨어진 문으로 의상을 입은 네 명이 들어왔다.

어제 봤던 애들이다. 마츠다 씨가 그녀들에게 두세 마디 말을 건넸다.

어젯밤에 우연히 마주쳤던 와카츠키 씨와 마츠다 씨를 머릿속으로 비교해 보았다.

마츠다 씨는 성적 대상이 남자이기 때문에 사무소에 들어간다 하더라도 이상한 조건을 내걸지도 않겠지. 그야 안심되겠어.

때린 것은 후회하지 않는다. 두 방 정도 더 먹여주고 싶을 정도지만, 이제 만날 일도 없을 것이다.

헤어 메이크와 의상 최종 체크가 끝나자 곡이 흘러나오고 네 사람이 춤을 췄다. 중간에 곡이 끝나자 영상을 확인했고, 다시 중간부터 시작했다. 그걸 30분 정도 반복한 다음 일단 휴식하게 되었다.

마이너 아이돌의 MV 촬영이라고는 해도 스탭은 최소한 20명은 넘었다. 모두가 뭔가 일을 맡고 있었다.

프로의 현장은 대단하네~, 나는 그렇게 초등학생처럼 생각했다.

몇 명이 드나드는 소리를 듣고 돌아보니 와카츠키 씨가 있었다.

으엑. 어, 어째서 여기.

이런. 눈이 마주쳤다.

"아━━, 너! 어제 그!"

들켰다.

어제와는 다른, 비싸 보이는 정장을 입고 악취미 같은 반지를 끼고 있었다.

……어지간히 아팠는지 볼에 반창고를 붙이고 있다.

와카츠키 씨가 성큼성큼 걸어왔다.

"너, 어디 소속 누구야! 사죄하라고! 사죄! 사람을 갑자기 때리다니! 상해죄거든?!"

이런 녀석 때문에 후시미가 신기루 같았던 희망을 품게 되었다고 생각하니 슬프고 분해서 용서할 수 없다는 마음이 다시 솟구쳤다.

"……사과할 상대는 따로 있을 텐데요."

쿵, 쿵, 고동이 빨라졌다. 그와 동시에 머리로 피가 쏠린 건지 눈앞에 붉은 기운이 감도는 것처럼 느껴졌다.

"어엉?! 누구야? 어디 스탭이냐고, 너."

툭, 그가 내 어깨를 밀쳤지만, 뒤로 물러나서 거리를 벌리지는 않았다.

냉정해지려 애를 썼지만, 그러지 못했다.

"당신 이야기, 다 들었다고. 연예계에 받아주는 대신에 몸을 팔라고 했던 이야기 말이야! 여자애의 약점을 잡고 더러운 조건이나 내걸고━━!"

"너하고 상관있어?!"

멱살을 붙잡히긴 했지만, 나도 느슨한 넥타이 안쪽을 붙잡았다.

"당신 때문에 울었던 애가 내 소꿉친구라고! 상관이 없을 리가 없잖아!"

주위가 소란스러워지기 시작한 걸 그제야 눈치챘다.

"어머, 어머, 왜 그러니이, 쿵."

긴박함이 전혀 없는 말투로 마츠다 씨가 말을 걸었다.

그때는 이미 주위에 있던 어른들이 나와 와카츠키 씨를 떼어놓은 뒤였다.

"마츠다 씨, 이 자식이, 후시미에게, 몸을 팔면 사무소에 받아주겠다고―――, 빌어먹을 조건을 내세워서."

사실은 어머니가 목적이었다, 연기 같은 건 전혀 평가해주지 않았다―――, 그것까지 포함해서 용서할 수가 없었다.

"마츠다 씨, 당신네 꼬맹이야? 이 자식이 어제 나를 갑자기 때렸다고. 어떻게 책임을 져줄 셈이야!"

"그랬구나아."

왠지 재미있어하는 듯한 말투였다.

"그건 당신 잘못이잖아? 꿈을 품고 열심히 하려 하는 애한테 그런 조건을 내걸다니. 안 그래~?"

마츠다 씨는 딱히 누군가 대상을 정하지 않고 동의를 요구했다.

"어디에서나 어느 정도는 하잖아, 그런 짓!"

"우리는 안 하는데."

"당신 취향이 그러니까 그렇지!"

마츠다 씨의 취향은 다들 알고 있구나. 나는 머릿속 한구석으로 그렇게 생각했다.

"애초에 쿙이 이 녀석 이름을 말했을 때부터 왠지 기분 나쁜~, 느낌이 들었단 말이지."

마츠다 씨는 어이가 없다는 듯이 한숨을 쉬었다.

"이 빌어먹을 자식 이야기는 예전부터 자주 들었고."

빌어먹을 자식.

"배울 겸 견학하러 온다는 이야기는 들었는데, 이런 상황이 될 줄이야."

마츠다 씨는 완전히 남 일인 것처럼 쿡쿡 웃었다.

"그래도, 쿙. 폭력을 휘두르면 안 되지."

떽, 마츠다 씨가 내게 그렇게 살짝 주의를 주었다. 벌은 그것뿐인 모양이었다. 처분을 내리거나 추궁하지도 않았다.

"나도 그 꼬맹이를 좀 패줘야겠어."

"어머나, 야만스럽네."

"아니면 엎드려서 빌어! 엎드려서 빌라고! 꼬맹이나 마츠다 씨가 엎드려서 사과하면 용서해주지."

아직 떠들어대는 와카츠키 씨. 슥, 마츠다 씨의 눈이 날카로워졌다.

"지금까지는 더러운 어른도 있으니까 조심하자는 의미로 잠자코 있었는데……."

힐끔, 멤버 중 한 명을 보았다. 주목이 쏠린 머리카락이 긴 애가 작은 목소리로 계속 말했다.

"저도, 톱 에이전시의 오디션을 중학교 1학년 때 본 적이 있었는데······. 그때 저 사람이 몸을 팔면 받아주겠다고, 했어요."

"기억 안 나지? 당신. 많은 사람들에게 똑같은 말을 했을 테니까."

"··················."

와카츠키 씨가 오랫동안 입을 다물고 있다가 겨우 목소리를 냈다.

"모, 모르겠는데, 그런 이야기!"

"사회의 악······, 망할 로리콘은 죽어야만 해."

"말도 안 되는 소리 지껄이지 마!"

소리 지르는 와카츠키 씨에게 내가 말했다.

"좀 전에 '어디에서나 어느 정도는 한다'라고 말한 걸 다들 들었는데요."

무슨 말을 하려던 와카츠키 씨가 다시 입을 다물었다.

"딱히 상관없거든? 주간지에 가지고 가서 있는 그대로 다 말하더라도. 10명이나 20명 수준이 아니겠지, 피해자가."

"······윽."

마츠다 씨가 바닥을 손가락으로 가리켰다.

"엎드려서 빌면 용서해줄게."

"끄윽······, 이에에에에엑······!"

아마, 이게라고 말하고 싶은 것 같다.

송곳니를 드러낸 와카츠키 씨는 흉악한 표정으로 마츠다 씨를 노려보았다. 그리고 아직 와카츠키 씨를 막으려 하던 사람을 억지로 밀쳐내고는 한 발짝 앞으로 나서서 무릎을 꿇었다.

"미안하게 됐습니다, 용서해 주시죠."

"고개가 너무 뻣뻣하지 않나?"

입가를 치켜올린 마츠다 씨는 완전히 악당 같은 표정으로 웃고 있었다.

이제 누가 악당인지 모르겠다.

"안 해도 딱히 상관은 없어. 나도 한가한 건 아니니까."

"크윽……."

잠시 후, 와카츠키 씨가 머리를 바닥에 닿을락 말락 할 정도로 숙였다.

"죄송합니다……. 제가 잘못했습니다."

그의 마수에 당한 여자애들을 생각하면 이 정도로 용서받을 수 없을 것 같긴 하지만, 답답했던 내 마음은 시원해졌다.

마츠다 씨와 눈이 마주쳤고, 나는 고개를 끄덕였다. 그것을 통해 내가 무슨 말을 하고 싶은 건지 이해한 마츠다 씨가 짝짝, 손뼉을 쳤다.

"자, 자. 휴식 끄읏~. 촬영을 다시 시작하자고."

긴장감이 넘치던 스튜디오에 활기가 돌아왔다. 정신을 차리고 보니 와카츠키 씨는 사라진 뒤였다.

남아서 견학을 할 만한 배짱은 없었던 모양이다.

그 이후로 두 시간 정도 만에 촬영이 끝났다.

마츠다 씨가 자세히 이야기를 듣고 싶었던 모양이었기에 촬영이 끝난 뒤 나는 마츠다 씨와 카페에 들어가 거기에서 이런저런 질문을 받았다.

"흐음~. 와카츠키도 그 가게에? 다음에 내 얼굴을 보면 도망치겠구나."

마츠다 씨는 목을 울리며 큭큭, 유쾌한 듯이 웃었다.

"그런데, 큭, 그런 짓을 해버리는 타입이었구나, 뜻밖이야."

"그런 타입은 아니에요. 사람을 때린 것도 이번이 처음이었고⋯⋯, 평소에는, 전혀."

"그만큼 후시미를 소중하게 여기고 있다는 거 아니야?"

아⋯⋯, 그렇구나. 나답지 않은 행동이라 생각했는데, 마츠다 씨가 한 말에 납득이 되었다.

토리고에게 다른 사람들과는 다른 감정을 품고 있었던 것처럼, 나는 후시미에게도 마찬가지로 다른 마음을 품고 있었구나───.

"뭐⋯⋯, 소꿉친구고요, 저는 그 녀석의 노력이나 마음을 알고 있었으니까───, 아니, 그 표정은 뭔데요."

커피를 내려다보다가 눈을 들어보니 마츠다 씨가 입가에 손을 대고 '아차' 같은 표정을 짓고 있었다.

"아, 아무것도 아니란다, 아무것도."

호호호, 마츠다 씨는 꾸며낸 듯한 웃음소리를 냈다.

화제가 내 독립 영화 이야기로 바뀌었고, 휴대폰에 데이터가 있었기에 그것을 마츠다 씨에게 보여주었다.

잠시 후, 다 본 마츠다 씨가 내게 휴대폰을 돌려주었다.

"어땠나요?"

"풋내 나서 보기 힘들어."

"윽……."

이 사람은 정말 사정이 없네.

"칭찬이야. 고등학생 무렵에, 주체할 수 없던 감정이나 답답하던 느낌이 단숨에 떠올랐어. 아무것도 느끼지 못한 영화가 아니라는 뜻이지."

"후시미의 힘도 있어서 그렇겠죠, 그거."

마츠다 씨를 힐끔 살피자, 씨익 웃어 보였다.

"무슨 말을 해줬으면 하는 건지 금방 알아버려서 재미가 없으니까 절대로 말해주지 않을 거야."

어째서 그런 심술을…….

내 마음을 훤히 들여다보고 있는 것 같다. 이야기하기 편하다가도, 또 껄끄럽기도 해서 신기한 사람이었다.

그 후 시간이 좀 지난 뒤에 아르바이트를 하던 날. 신기하게도 마츠다 씨가 잡지를 읽고 있었다.

"뭐 재미있는 거라도 나왔나요?"

신이 난 듯한 마츠다 씨가 으흐흐, 기분 나쁜 웃음소리를 냈다.

"이거야, 이거."

마츠다 씨는 내 책상까지 다가와서 그 페이지를 펼친 다음에 보여주었다.

기사의 제목은.

'연예 모델 사무소, 모 회사 사장의 밤의 면접'

고딕체로 싸구려 같은 문구가 적혀 있었다.

응? 최근에 비슷한 이야기를……

눈치채고 마츠다 씨의 얼굴을 올려다보니 웃음을 참지 못하는 모양이었다.

"어, 이거, 그 건인가요?"

"글쎄에~. 어디 사는 누군가가 말해버린 거 아닐까아~?"

아니, 아니, 분위기로 봐서 분명히 마츠다 씨잖아요.

"엎드려 빌면 용서해주겠다고 하시지 않았나요?"

내가 확신을 품고 말하자 둘러댈 생각은 없었는지, 제보했다는 사실을 쉽사리 인정했다.

"무슨 말을 하는 거야아. 용서했는데."

"결국 주간지에 찔러놓고요?"

"내 마음하고 사실은 별개잖니."

당연한 걸 따지냐는 듯이 마츠다 씨가 당당하게 말했다.

뭐라고 해야 하나, 감싸주고 싶진 않지만, 마츠다 씨가 약속을 어긴 것도 좀 그렇지 않나……?

"약점을 잡힌 녀석이 잘못한 게 당연하잖니."

……나쁜 어른이다.

마츠다 씨는 적으로 삼지 않는 게 좋은 타입인 사람이구나, 응.

와카츠키 씨를 원래 좋아하지 않았던 것 같고, 만만한 사람도 아니니까. 예전부터 실각시킬 기회를 노리고 있었다 하더라도 부자연스럽진 않을 것 같다.

"원래는 '그런 말은 하지 않았다, 네가 착각한 거겠지'———라면서 간단히 둘러댈 수 있겠지만, 제3자가 그렇게 많이 있는 곳에서 폭로해버렸으니까, 안 그래?"

신이 난 듯이 '벚모메'의 신곡을 콧노래로 흥얼거리며 자리로 돌아가는 마츠다 씨.

"큥! 연회야! 샴페인하고 잔을 가져다줘!"

"아직 업무 중이잖아요?"

"아앙, 성실하다니까!"

마츠다 씨가 책상을 찰싹, 때렸다.

나는 그 주간지를 가져가기로 했다. 애초에 내게 줄 생각이었던 모양이다.

"그러고 보니까, 히메지가 무대에서 키스 신 연기를 한다고 들었는데요."

"아, 그거? 다른 사람들 앞에서 키스를 하게 할 순 없잖니. 그냥 하는 척만 하는 거지."

바로 앞까지 다가왔던 히메지의 얼굴과 입술 감촉이 떠올랐다. 부끄러운 듯이 붉게 달아오른 얼굴과 쑥스러워하는 듯한 말.

히메지가 연습이라고 했던 그건———.

아르바이트를 마친 다음, 나는 후시미네 집에 들러서 그 주간지를 보여주었다.

"뒤에서는 그런 짓을 자주 했던 것 같아."

"호오오……, 그렇구나."

기사를 보고 있던 후시미가 탁, 주간지를 덮었다.

"이번 일을 통해서 생각한 게 있어."

"응?"

"연기도, 레슨도 즐겁고, 사무소에 소속되지 않더라도 그건 할 수 있으니까, 초조해할 필요는 없겠다 싶거든. 나중에는 그렇게 될 수 있게끔 노력할 생각이지만 말이지."

그렇게 선언한 후시미는 시원스러운 미소를 짓고 있었다.

보아하니 TV에 나오는 여배우의 경력을 샅샅이 조사해본 모양이었다. 모델 출신이거나 무대 배우 출신 등등, 20대 중반에 겨우 데뷔한 사람도 있었다고 한다.

그걸 보고 지금 어떻게 해서든 사무소에 들어가서 데뷔해야 한다는 마음이 희미해진 것 같았다.

"아이가 말이지, '잔챙이는 잔챙이끼리 엮이곤 한다고요'라고 했어."

"사정이 없구나, 그 녀석."

그래도 눈에 선하다. 후시미는 별로 신경 쓰지 않는 건지 가벼운 말투였다.

"너무하지~? 그래도 아이 나름대로 격려해준 말일 거야, 분명히."

"그럴지도 모르겠네."

그냥 서열을 나누고 싶었을 뿐일 가능성도 있긴 하지만, 후시미가 말한 것처럼 격려였을지도 모른다.

격려할 거면 좀 솔직히 해주지.

"후시미가 그렇게 결론을 내렸다면 괜찮을 것 같은데. 히메지하고 비교할 필요는 없으니까."

"응. 미안해. 잔뜩 걱정시키고 폐를 끼쳐버려서."

나는 고개를 저었다.

내가 그런 식으로 다른 사람을 때릴 줄은 상상도 못했다.

그건 후시미를 꽤 소중하게 여기고 있기 때문이고———.

"……."

"료 군?"

"아, 아니. 아무것도 아니야……."

누군가의 목소리가 한순간 머릿속을 스쳤다.

마음을 긍정적으로 먹으려 해도 그 정체를 알 수 없는 느낌 때문에 주저하게 되어 버린다.

나 혼자만 멋대로 소중하게 여기고 있을 뿐, 후시미에겐 내가 딱히 특별하진 않은 게———.

사고회로가 이상한 방향으로 기어를 넣어 버린다.

……어째서 그런 식으로 생각하는 걸까.

⑨ 체육 대회

교장 선생님의 감사하신 말씀을 듣고 나서 학생회장이 체육 대회 개회 선언을 했다. 드문드문 손뼉을 치는 와중에 후시미는 열심히 박수를 보내고 있었다.

체육복 차림에 머리에는 머리띠를 두르고 있다.

"료 군, 열심히 하자……!"

아~. 의욕 넘친다는 표정이네. 나는 수업을 하지 않아서 좋다는 정도로만 생각하고 있는데.

"료 군은 무슨 경기에 나가?"

"나는 물건 빌려오기 경주."

첫 종목이 시작되었기에 이동하며 질문에 대답했다.

체육 대회 실행 위원이 따로 있기에 학급 임원이 반을 이끌 필요가 없어서 이번에는 우리가 할 일은 거의 없다.

규칙 때문에 모두 참가하는 종목 말고도 하나 이상의 종목에 참가해야만 하는 게 귀찮았다.

"후시미는?"

"나는, 반 대항 릴레이랑~, 2인 3각 릴레이하고———."

체육 대회의 주요 경기인 반 대항 릴레이는 멤버가 거의 운동부로 채워져 있어서 꽤 힘든 종목이다. 그런 경기에 끼어들 수 있는 후시미는 문무양도의 귀감 같은 녀석이었다.

체육 대회의 종목은 초반에는 노는 수준이다가, 후반으로 갈수록 진지해지는 종목으로 넘어가게 된다.

"감독님~, 곧 물건 빌려오기 경주를 시작할 거니까 준비해줘."

실행 위원인 남자애가 그렇게 말하자 나는 손을 살짝 들어서 대답했다.

"료, 료 군……! 마음 편히 가져……! 괜찮아! 하면 된다!"

후시미가 진지하게 응원해주었다. 무슨 시험 보러 가는 수험생이냐고. 나는 애초에 마음 편히 하자는 생각밖에 없는데.

"고마워. 뭐, 적당히 할게."

필사적으로 노력해야 하는 종목도 아닐 테고. 출발 위치에 서려 하자 히메지가 말을 걸었다.

"료. 도움이 필요하면 저에게 부탁하도록 해요."

뽐내는 듯이 가슴을 펴고 있다.

"곤란한 상황에 처하면 그렇게 하도록 할게."

나는 그렇게 말한 다음, 출발 위치로 이동했다. 문득 신경 쓰여서 우리 반 녀석들이 모여 있는 곳을 바라보니 평소보다 훨씬 분위기가 다운된 토리고에를 발견했다. 지금 당장에라도 조퇴할 것 같은 안색이었다. 운동 자체를 좋아하지 않는 토리고에에겐 체육 대회보다 일반 수업이 더 편할지도 모르겠다.

이름이 불렸다. 나는 첫 번째 조였다.

옆에 나란히 선 남자들의 시선이 느껴졌다.

"이 녀석이, 그 후시미 양의 소꿉친구인가……!"

"아이돌 출신이라는 히메지마 양하고도 알고 지내는 사이라던데."

눈이 완전히 이 녀석에게는 질 수 없다고 말하는 것 같았다. 나는 평화롭고 즐겁게 끝낼 수 있으면 좋겠다~, 하는 엔조이파니까 팍팍 제치고 가줬으면 좋겠다.

안내 방송이 나오자 시선이 쏠렸다. 마음 편히 할 생각이지만, 역시 긴장은 된다.

타앙, 총소리가 울리자 동시에 출발했다. 조금 달려가 보니 그물이 있어 그 아래를 지나갔다. 다음은 허들을 몇 개 뛰어넘었다. 그리고 빌려올 것이 적힌 카드가 뒤집힌 채 늘어서 있는 지점에 도착했다.

빠른 사람은 이미 확인을 마치고 찾으러 간 뒤였다.

열 장 정도 있던 카드 중 하나를 적당히 골랐다.

…….

어?

"아니, 없다고, 그런 녀석."

생각하는 동안에 어느새 꼴찌가 된 상태였다.

아……, 그래, 그렇게까지 진지하게 생각할 필요는 없겠지.

"료 군~, 힘내~!"

후시미의 목소리에 이어 감독님~, 이나 반장님~, 등 다양한 호칭을 부르며 반 친구들이 나를 응원해주고 있었다.

나는 우리 반의 B조가 모여 있던 곳을 향해 뛰기 시작했다. 다른 멤버들은 마이크를 빌리거나, 선생님을 데리고 가거나, 그렇게 레이스 막바지에 접어든 상태였다.

후시미나 히메지. 아니, 토리고에도 괜찮으려나――?

문득 히메지와 눈이 마주쳤다.

"후시미! 가자!"

"어, 나, 나?! ――오, 오케에에에에에에이!"

코스 안으로 들어온 후시미의 손을 잡고 결승점으로 향했다.

"뭔데? 뭐라고 적혀 있었어?"

"나, 나중에 말해줄게."

"?"

의아하다는 듯이 고개를 갸웃거린 후시미. 나란히 결승점에 들어갔고, 물론 꼴찌였다.

"꼴찌했구나, 료 군."

"초반에 적당히 노는 종목이니까 괜찮겠지."

둘러대던 나를 후시미가 나무랐다.

"정말~, 툭하면 그런 말을 한다니까아."

먼저 결승점에 들어온 멤버들이 이쪽을 살펴보고 있었다.

눈은 다들 죽은 듯한 눈에 생기도 전혀 없다.

"그래서, 뭐라고 적혀 있었는데?"

후시미가 묻자 안내 방송이 카드의 내용과 무엇을 가져왔는지를 알려주었다.

마돈나라고 적혀 있던 카드를 뽑은 사람이 고전 담당인 할머니 선생님을 데리고 왔다고 발표했을 때는 회장이 웃음소리로 뒤덮였다.

『그리고 꼴찌인 B조 타카모리 군이 뽑은 카드에 적혀 있던 것은 아이돌입니다.』

웅성웅성, 회장이 떠들썩해졌다.

"료 군."

"아니, 딱히 그게, 그거라서."

"나를 아이돌이라고 생각했어?"

순수한 눈으로 이쪽을 보지 마.

"그런 거면 아이를 골랐어야지."

심각하게 곤란한 듯한 표정으로 틀렸는데? 라고 말할 것 같은 느낌이었다.

"왜 그렇게 진지한 건데. 그냥 생각했을 때 아이돌이 있을 리가 없잖아. 이런 건 어느 정도 재치를 발휘해도 되는 거야."

"그런 거야?"

"그, 그래. 정답은 없으니까. 뭐, 학교의 아이돌 같은……, 그런 거지."

후시미 쪽을 보지 않고 그렇게 말하자 그녀가 옆에서 내 시야로 들어왔다. 기쁜 듯이 싱글거리고 있었다.

"호오~, 그렇구나~? 료 군은 나를 아이돌이라고 생각했구나?"

"그런 게 아니라───."

내가 뽑은 카드의 내용을 알게 되었는지, 같은 반 친구들이 모여 있는 곳 근처 일부분에서 새까만 오라가 피어오르고 있는 게 보였다.

"아…………, 아이의, 기척이 느껴져……."

꿀꺽, 후시미가 목을 울렸다.

물건 빌려오기 경주가 끝나서 반 친구들 쪽으로 돌아가던 와중에, 역시 그 오라의 근원이 히메지였다는 게 증명됐다.

"료! 전 받아들일 수 없어요! 아이돌이라면 저일 것 같은데요! 거기 앉아보세요!"

"누구든 딱히 상관없잖아. 적당히 노는 경기니까."

나는 내가 가져온 의자에 앉았다.

"의자가 아니라 땅바닥에 앉아요! 무릎 꿇고!"

"싫어."

"도움이 필요하면 저에게 부탁하라고 했잖아요?! 제 얼굴은 요만큼도 떠오르지 않던가요?!"

정마아아알! 히메지가 그렇게 말하며 내 어깨와 머리를 찰싹찰싹 때려댔다.

아아, 이거 무슨 말을 해도 들어주지 않을 것 같네.

물론, 도움이 필요하면 부탁하라고 했던 히메지가 머릿속에 떠오르긴 했다. 제일 먼저 후시미하고 눈이 마주쳤기에 딱히 고집할 필요도 없을 거라 생각하고 후시미를 데리고 갔던 것뿐이다.

불만을 쏟아내던 히메지 뒤로 데구치가 다가와서 그녀의 어깨를 두드렸다.

"히메지마 양. 내 마음의 넘버원 아이돌은 히메지마 양이거든?"

히메지는 힐끔 돌아보았지만, 아무런 말도 하지 않았다.

"……어? 무시하는 거야?"

완전히 무시당한 데구치는 슬픈 듯한 표정으로 떠나갔다.

그 덕분에 맥이 빠진 듯한 히메지도 마지막으로 토라진 듯이 흥, 숨소리를 내고는 떠났다.

이제야 폭풍이 지나갔구나.

그 뒤엔 모두가 참가하는 줄다리기나 공 넣기 같은 경기를 하고, 오전 마지막 종목인 기마전을 하게 되었다.

"토리고에 씨, 기마전에서는 위에 탔네."

나는 데구치가 한 말을 듣고 그제야 눈치챘다.

"토리고에……."

그야 분위기가 다운될 만도 하지. 다른 사람 위에 타는 건 신경이 꽤 쓰이니까.

그러고 보니 가위바위보를 해서 졌지.

안색이 새파래진 채 구석에서 부들부들 떨고 있는 토리고에와는 대조적으로 여자 세 명이 받쳐주고 있는 히메지는 당당한 모습이었다. 자신만만하게 큰 목소리로 외치는 게 들렸다.

"각 기체, 저를 따르세요! 쓸어버리겠어요━━━!"

각 기체라니, 이건 기마전이라고.

"히메지, 에이스 파일럿이냐."

"아, 말이 되고 싶었습니다만."

데구치 해설 위원이 그렇게 소감을 말했다.

타앙, 총소리가 울리자 기마전이 시작되었다.

외모는 물론이고 말과 행동도 눈에 띄는 히메지가 완전히 눈엣가시였던 모양이었다.

돌진한 히메지의 주위를 일제히 여섯 조가 포위했다.

"끄아아아아아아아아악?! 여, 여럿이서 덤비다니, 비, 비겁해요 오오오오오오."

버둥버둥 저항했지만, 시합이 시작된 지 10초 만에 히메지가 머리띠를 뺏겼다.

에이스 파일럿, 너무 약한데……. 6 대 1은 역시 힘든 건가.

그 이후로는 누가 뭘 하고 있는지 뒤엉켜서 잘 보이지 않았다. 그저 존재감을 없앤 토리고에가 슬금슬금 이동한 다음에 적의 뒤에서 머리띠를 하나, 두 개, 빼앗고 있었다.

끝나고 보니 결과적으로 큰소리를 치던 히메지보다 토리고에가 훨씬 큰 공을 세웠다.

돌아온 뒤, 내가 뭐라고 하기도 전에 히메지가 입을 열었다.

"저, 저는, 그거라서요. 적의 시선을 유도하는 미끼 담당이었으니까요."

"제가 주역입니다, 라고 으스대는 것처럼 보이던데."

"……"

"각 기체, 나를 따르라, 했었지. 폼 잡으면서."

"이제 상관없잖아요! 그건!"

에이스 파일럿 괴롭히기는 이 정도로 끝내주지.

"토리고에는 활약했고."

다가온 토리고에에게 그렇게 말하자 무표정하게 V자를 그려 보였다. 나름대로 즐거웠던 모양이다.

점심시간 뒤에는 응원 대결이나 취주악부의 연주 같은 여흥을

소화해 나갔다.

오후부터는 내가 참가하는 경기가 없기에 마음이 편했다.

『2인 3각 릴레이에 출장할 예정인 학생 여러분은 출발 지점으로 가 주십시오.』

그런 안내 방송이 나왔다.

그러고 보니 후시미가 출장한다고 했던가.

느긋하게 응원이라도 할까, 그렇게 생각하고 있자니 후시미가 이쪽으로 뛰어왔다.

"료 군, 같이 나가주면 안 될까?"

"어? 나? 원래는 누구였는데?"

"아이. 그런데 좀 전부터 삐져서 교실에서 나오질 않거든……."

삐져서……. 혹시 기마전 때문인가?

"료 군이 심술부려서 그렇잖아~."

"아니, 그건 자업자득이지. 토리고에는?"

"시이는 지금 도서실에서 책을 읽고 있으니까 안 돼."

마이페이스?! 아니, 체육 대회 중인데도 문을 여는구나.

"아무튼, 가자."

후시미가 재촉했기에 나는 그녀와 함께 출발 지점으로 향했다. 다리를 꽉 묶은 다음, 후시미가 조심조심 내 어깨에 팔을 둘렀다.

"…………윽."

부, 부끄러워하지 말라고. 뭐라고 말 좀 해.

"료, 료 군도……, 손."

"어……."

나도 후시미의 어깨에 팔을 둘렀다. 가녀린 어깨. 부드러워서 꽉 잡으면 부서져 버릴 것 같았다.

키 때문에 내가 끌어안고 있는 것처럼 보이지 않을까.

"다, 달라붙어 버렸네."

"그, 그런 종목이니까."

얼굴이 가까워서 말하기 힘들다……. 그건 후시미도 마찬가지였는지, 우리 차례가 될 때까지 아무런 말도 하지 않았다.

드디어 우리 차례가 왔을 때가 되어서야 겨우 첫 번째 발을 내디딜 때 어느 쪽 발을 내디딜지 정한 다음, 바통을 받았다.

하나, 둘, 그렇게 한목소리를 내며 앞으로 나아갔다. 보아하니 우리가 주위 사람들보다 빨랐던 모양이었다.

한 조를 제치고 선두와 나란히 선 타이밍에 바통을 넘겨주었다.

"우리, 호흡이 딱 맞았지. 엄청 빨랐잖아."

"연습을 안 했는데도 의외로 할 만하네."

"소꿉친구 파워야."

"그럴지도 모르지."

2인 3각은 우리가 활약한 덕분인지 1등으로 끝났다.

"역시 우리가 뛰었던 차례가 터닝 포인트였어."

후시미는 그렇게 자화자찬했다.

"료 군, 대신 출전해줘서 고마워."

후시미는 방긋, 미소지었다.

"별말씀을."

나는 그렇게 짤막한 대답을 건넸다.

문득, 보통은 나와 후시미 같은 관계라면 한 번 정도는 사귀게 되는 걸까, 하는 생각이 들었다. 뭐가 보통인 건지는 잘 모르겠지만.

소꿉친구란 뭘까, 보통이라는 건 뭘까, 그렇게 철학적인 생각을 하는 동안, 체육 대회는 끝났다.

⑩　토리고에와 히메지마

방과 후. 내가 도서 위원 당번을 하고 있을 때였다.

"저기, 시즈카 양, 지금 이야기 좀 할 수 있을까요?"

신기하게도 히메지가 혼자 도서실에 왔다.

"당번 중이긴 한데, 그래도 상관없다면."

교실에 있을 때도 이렇게 히메지가 먼저 말을 거는 경우는 별로 없다.

읽고 있던 문고본에 집중할 수 있을 리가 없었기에 카운터에 몸을 기대고 있던 히메지를 힐끔 올려다보았다.

"이건 혼잣말인데요."

히메지는 그렇게 말한 다음, 얼마 전에 무슨 일이 있었는지 가르쳐주었다.

타카모리 군하고 같이 아이돌 라이브에 갔고, 저녁 식사를 비싼 가게에서 같이 했다는 자랑 이야기를 들었다. 이런 자연스러운 방식으로 기세를 제압하려는 애니까 나는 별로 신경 쓰지 않았지만———, 겨우 본론으로 들어갔다.

간단히 말하자면, 히이나를 모욕한 연예 사무소 사장이 있었고, 그 사실을 알게 된 타카모리 군이 그 녀석을 때렸다고 한다.

히이나를 나로 바꿔보니 머릿속에 재현된 타카모리 군이 엄청나게 멋있어 보였다. ……어디까지나 머릿속에서지만.

나를 특별하게 여겨주고 있는 줄 알았는데, 그런 사람이 한 명뿐인 건 아니었던 모양이다.

"그래서?"

히메지를 다시 올려다보니 매우 불만인 것 같았다. 팔짱을 살짝 낀 채 손가락 끝으로 교복을 만지작거리고 있었다.

"히나가 아니라 시즈카 양이나 저였으면 그런 행동은 안 하지 않았을까 싶어서요."

그런가……? ……응, 그럴지도 모르지.

왠지 납득이 되어버리는 게 조금 슬프다.

아, 그래서 히메지가 저런 표정을 짓고 있는 거구나.

"……아니, 그럼 좀 전에 데이트 어쩌고저쩌고 같은 에피소드를 이야기할 필요는 없잖아."

"어. 뭐라고요?"

조용히 중얼거렸기에 그녀가 되물었다. 나는 아무것도 아니라며 고개를 저었다.

"투덜대려고 일부러 도서실까지 왔어?"

"그런데요."

이 사람은 정말 말을 돌려서 하질 않는구나. 약간 감탄해서 무심코 웃어버렸다.

"료가 특별하게 느끼는 상대가 히나인 건 이상해요."

딱 잘라 말했다.

"이상하다고?"

아니, 딱히 이상하진 않을 텐데. 타카모리 군이 누구를 특별하게 여기는지는 타카모리 군의 자유니까.

마음으로 따지면 그게 나였으면 좋겠다고 생각하긴 하지만.

나나 히이나가 보기에 히메지는 완전히 뒤늦게 나타난 충격적 존재다. 지금까지의 서열이나 질서, 세계를 뒤엎을지도 모른다. 하지만 그 존재는 히이나 말고도 타카모리 군을 예전부터 알고 있었던 소꿉친구이기도 하다.

말을 잘 고르거나 생각에 뜸을 들이는 걸 견디지 못하고 나는 다시 물었다.

"이상하다니, 뭐가?"

"이상하다고 해야 하나……, 료를 생각하면 히나가 아닌 게 더 나을 것 같아요."

나는 어이가 없어서 한숨을 쉬었다.

"그냥 질투하는 것뿐이잖아."

"아, 아니에요."

"타카모리 군의 마음이 자기 마음대로 되지 않는다고 해서, 상대방을 생각하면 그러는 게 더 나을 것 같다는 추잡한 명분을……, 히메지……."

"그렇게 경멸하는 눈으로 바라보지 마세요. 저도 나름대로 생각한 이유가 있으니까요."

"이유?"

"네. 애초에 료가 그렇게 된 건 히나에게도 원인이 있어서——."

"그게 무슨 소리야. ……응? 그게 무슨 소리야."

다른 각도로 들어온 정보 때문에 나도 모르게 똑같은 말을 반복해 버렸다.

'그렇게 된 것'이 뭔지 묻자 연애에 소극적인 모습이나 그런 낌새를 전혀 눈치채지 못하는 모습이라고 히메지가 말해주었다.

"제가 멋대로 그런 것 아닐까 생각하고 있을 뿐이고, 정말로 그런지는 모르겠지만요…….."

히메지는 그렇게 말하며 자기 생각을 들려주었다.

……들어본 소감을 따지면, 그런 가설도 있을 수 있겠다, 라는 게 첫인상이었다. 하지만 나도 불과 최근에 비슷한 답에 도달했었다.

물론, 나는 딱히 근거가 없이 그렇게 생각한 것뿐이지만.

"그러니까 그런 상대는 히나가 아니라 저일 거라 생각하고 있어요."

"아니, 나도 가능성이 없진 않잖아."

눈을 마주 보며 말할 용기는 없었기에 어디까지 읽었는지 알 수가 없게 된 문고본을 내려다보며 말했다.

지구의 패권을 두고 벌이는 거대 괴수 두 마리의 싸움에 일반인인 내가 어느새 참전해버렸다.

"적의 적은 아군이라는 말이 있죠."

나는 아주 약간의 기대를 품고 히메지가 다음 말을 하기를 기다렸다.

거대 괴수가 보기에는 시야에 들어오지조차 않을 거라 생각했지만, 혹시나 나도 지구에 뭔가 영향을 끼칠 수 있는 존재로 인식되었을지도 모르겠다.

히메지가 잠시 후에 입을 열었다.

"손을 잡지 않으실래요?"

⑪ 병문안

　후시미가 감기에 걸렸는지, 수화기 너머로 콜록콜록 기침하고 있었다.

　『미안해, 료 군. 오늘은 학교에 혼자 가…….』

　좋겠네. 나도 쉴까.

　『땡땡이치면 안 돼.』

　어째서 들킨 거지?

　나는 교복으로 갈아입으려다 멈췄던 손을 어쩔 수 없이 다시 움직였다.

　오늘 수업은 어쩌고저쩌고, 그렇게 학급 위원의 연락사항을 들었다.

　"뭐, 잘 모르겠으면 선생님에게 물어볼 테니까."

　『응. 그렇게 해줘. 나는 곧바로 답장을 못 보낼 수도 있으니까.』

　"그럼, 몸조리 잘하고."

　나는 그렇게 말한 다음에 통화를 마쳤다.

　히메지도 무대 연습을 하느라 오늘은 학교에 올 여유가 없는 모양인지, 쉰다고 했던가.

　……다른 사람이 쉰다는 이야기를 들으면 쉬고 싶어지는 건 나쁜일까.

　후시미가 못을 박아두었으니 어쩔 수 없이 가야겠다.

등교하자 양쪽 옆자리가 빈 것이 의아했는지, 토리고에가 말을 걸었다.

"히이나는?"

"아, 후시미는 감기에 걸린 모양이라 오늘은 쉰대."

"그렇구나."

"히메지도 오늘은 무대 연습을 빼먹을 수 없는 날이라 안 오는 것 같아. 부럽다니까. 그렇게 이유를 대면서 학교를 쉴 수 있어서."

"땡땡이를 치는 건 아니잖아."

토리고에가 쿡쿡 웃었다.

"뭐, 그렇긴 하지만."

"오늘은 우리 둘뿐이네."

항상 있던 두 사람이 없으니까.

그러게, 내가 그렇게 말하자 토리고에가 후시미 자리에 앉았다.

"이렇게 가깝구나."

턱을 괴고 이쪽을 들여다보는 토리고에.

그런 다음, 우리는 선생님이 올 때까지 잡담을 했다. 1교시인 선택 수업 이야기를 하거나, 그때 필요한 준비물을 확인하거나. 후시미도 그렇고, 토리고에도 대체 나를 뭘로 보는 거야.

참고로 우리 학교의 선택 수업은 예술 계열 수업이다.

음악, 미술, 서예 중에 하나를 선택해서 배정받는다. 나와 토리고에는 둘 다 서예였다.

HR이 일찌감치 끝나자 1교시를 준비하기 위해 나와 토리고에가 수업을 진행할 서예실로 갔다.

적당한 자리에 앉자, 평소에는 옆으로 오지 않는 토리고에가 자연스럽게 내 옆에 앉았다.

"……."

"……."

뭐라고 말 좀 해.

그녀를 힐끔 보자 어색해서 그런지 서예 도구가 들어있는 가방을 여닫기를 반복하고 있었다.

"타, 타카모리 군은……."

더듬거리는 목소리에 얼마 전에 들었던 '그럼, 타카모리 군, 나를 좋아하는 거 아냐?'라는 말이 떠올랐다.

"뭐, 뭐가?"

"글씨는 의외로 예쁘게 쓰네."

긴장하다가 맥이 빠져서 나는 뜻 모를 한숨을 쉬었다.

"초등학교 때 조금 배운 적이 있어서."

"그랬구나."

나는 아주 조금 배운 것뿐이야, 라고 덧붙였다.

"타카모리 군은 히이나나 히메지하고는 어렸을 때부터 알고 지냈던 사이지? 그 무렵에 히이나에게 심한 짓을 당한 적은 없어?"

"심한 짓?"

그게 무슨 소리지?

전혀 예상하지 못했던 질문이었기에 나는 미간을 찌푸리고 잠시 끙끙대며 생각해 보았다.

"심한 짓……, 심한 짓……? 예를 들자면?"

"아니…… 예를 들어서 욕실을 엿보거나 알몸을 봐서 뺨을 맞았다거나. 소꿉친구의 정석이잖아."

정석이라고 하지 마.

"그런 적은 없어. 비슷한 경우도 없었을 텐데."

내 기억은 꽤 희미해졌으니 기억하고 있는 한이라는 전제가 필수겠지만.

아니, 왜 그런 걸 갑자기.

"그렇구나. 그럼 아닌가……."

그녀가 혼잣말을 중얼거렸을 때 선생님이 왔다.

과제를 내주고 매번 그걸 써서 제출하기만 하면 되는 마음 편한 수업이고, 지금까지는 아무도 혼난 적이 없다.

조용히 벼루로 먹물을 만들었다. 옆을 보니 토리고에의 그 모습이 묘하게 그럴싸해 보였다.

"어울리는구나, 토리고에."

"어? 그래?"

"전통적인 느낌이 토리고에의 분위기랑 어울려서."

"그, 그런가?"

볼이 빨개진 토리고에의 먹물을 만드는 속도가 점점 빨라졌다. 불을 피울 생각인가 할 정도로 빨랐다.

"타카모리 군, 나를 너무 보는 거 아니야?"

"그렇게까진 보지 않아. 오늘은 옆자리에 있으니까 우연히 보였을 뿐이고."

스윽, 스윽, 나도 먹물을 만들어나갔다.

"호혹, 시나, 조조조조, 좋아하는 거 아냐?"

장난을 치는 듯한 느낌으로 말하고 싶었을지도 모르겠지만, 입가가 실룩거려서 제대로 말하지는 못했다.

"껄끄러우니까 그런 이야기는 하지 말라고. 그야 뭐, 호의 정도는 있지만."

"어———."

내가 한 말이 너무 뜻밖이어서 그랬는지, 토리고에가 눈을 동그랗게 뜨고는 몇 번 깜빡였다.

그녀가 진위를 확인하기 위해 이쪽을 보았을 때였다.

손이 미끄러져서 만들어두었던 먹물을 벼루까지 통째로 엎어버렸다.

"아, 으앗———."

허둥지둥 당황한 토리고에 대신, 내가 책상 위에 흐른 먹물을 연습용 종이로 닦아내고 피해를 최소한으로 억눌렀다.

"고, 고마워, 타카모리 군."

쓸데없이 주목을 받아서 그런지 토리고에의 몸이 좀 전보다 움츠러든 것처럼 보였다.

"별말씀을……."

토리고에에게 먹물이 튀어서 교복과 얼굴이 군데군데 얼룩져 있었다.

"세수를 하는 게 낫겠네."

"자신을 제대로 다시 돌아보라는 의미야?"

"받아들이는 방식이 너무 잔인한데. 아니, 그게 아니라. 먹물 때문에 얼굴에 얼룩이 생겼으니까."

그제야 토리고에가 그 참사를 깨달았다.

"어, 어쩌지."

아직 1교시다. 오늘 하루가 한참 남았다.

나는 선생님에게 허락을 받고 토리고에와 함께 화장실 앞까지 왔다.

물소리가 들린 뒤, 세수를 한 토리고에가 손수건을 들고 나왔다.

"이제 괜찮아 보이네. 히메지라면 화장이다 뭐다 소란을 피웠겠지만, 토리고에는 그런 걸 안 한 것 같아서———."

"나도……, 조금은……, 하거든."

의외다.

새삼 그런 말을 하는 게 부끄러웠는지, 껄끄러워하는 표정을 짓고 있었다.

"내, 내추럴이라거나, 그런 쪽이니까."

아, 그거구나. 맨얼굴로 보이는 메이크나 그런 계열……?

"선생님에게 들키지 않을 정도로 하니까 알아보기 힘들 것 같긴 하지만."

그렇다면 나 같은 멍청이는 못 알아보겠지.

"토리고에도 여자구나."

"……그럼 뭘로 본 건데."

다그치는 듯한 말투였기에 나는 두 손을 들었다.

"말꼬리 잡지 마. 여자로만 보이니까……, 뭐라고 해야 하나, 진짜 여자애다 싶어서……."

"타카모리 군은 야한 만화 가지고 있었지?"

"화제의 방향 전환이 너무 잔인하지 않아?"

뭐, 가지고 있긴 하지만.

"야한 거에는 흥미가 있는데 연애는 안 하는구나?"

"안 한다고? 그럴 생각은 없는데."

"전반은 긍정한다라……."

흐음, 흐음, 토리고에가 작게 고개를 끄덕였다.

"오늘은 이상하게 물어보는 게 많네?"

"남녀 차이일지도 모르겠지만, 나는 그 두 가지를 같은 선상에 두고 생각했으니까. 타카모리 군은 성욕 앞쪽에 연애가 있지 않구나."

토리고에는 뭔가 생각이 있는 모양이었다.

"교복은 어떻게 할 거야? 상의는 갈아입는 게 낫지 않을까?"

"……아, 정말이네. 어쩌지……."

"여자애들 중에 누군가에게 운동복 저지를 빌리지 그래?"

내가 별생각 없이 말하자 토리고에가 입을 다물었다.

그렇게까지 이상한 제안은 아닐 텐데.

"오늘 체육 과목이 없긴 하지만, 두고 다니는 여자애도 있을 테니까────."

"부……."

부?

"부탁할 만한, 여자애가, 아무도 없어……."

"미안."

그랬지. 오늘은 후시미도 그렇고, 히메지도 쉰다.

나도 데구치가 없었다면 마찬가지로 부탁할 만한 남자가 아무도 없었을 것이다.

"내 거라면 빌려줄 수 있긴 한데……, 그래도 너무 크니까……."

"타카모리 군 거라도 상관없어."

상관없다고? 사이즈가 전혀 다른데.

뭐, 입으면 이해하겠지. 나는 사물함에 대충 넣어두었던 체육용 저지를 챙겨서 토리고에에게 돌아왔다.

"자, 이거."

건네자 토리고에가 운동복을 펼쳐보았다.

토리고에가 소매를 잡고 두 팔을 벌려도 저지는 팽팽해지지 않았고, 몸이 가려질 정도였다.

우리 학교는 남녀가 같은 운동복을 입기에 사이즈만 신경 쓰지 않으면 입을 수는 있다.

"너무 크잖아."

"괜찮아."

괜찮다고?

"아. 일단 말해두는 건데, 빨아둔 거야. 아직 안 입었다고."

"? 그럼 왜 여기 있어?"

"내가 깜빡하니까 체육 과목이 없어도 미리 가져다 두거든."

다른 반에 친구가 있다면 빌릴 수도 있겠지만, 없으니까……. 깜빡 잊어서 못 입는 상황을 방지하려면 이럴 수밖에 없다.

"고마워."

그녀는 그렇게 말한 다음, 다시 화장실에 들어갔다가 금방 나왔다.

저지는 당연하게도 헐렁했다.

……하지만, 신기하게도 이상해 보이진 않았다.

아자애들의 옷맵시 같은 건 잘 모르지만 일부러 헐렁하게 입는 파카 같은 분위기였다.

"역시 이상해?"

"의외로 괜찮네."

"다행이야."

토리고에가 미소를 지었다. 어깨에 코를 가져다 대고는 킁킁, 냄새를 맡았다.

"타카모리 군 냄새가 나네."

"잠깐, 잠깐, 잠깐! 왠지 내가 냄새나는 것 같다는 말투로 말하지 마. 방금 토리고에가 맡은 건 '우리 집 빨래 냄새'거든?"

"얼굴이 빨간데? 타카모리 군도 자기 냄새를 맡는 건 부끄러운가 보네?"

"아무래도 상관없잖아. 이상한 짓 하지 말라고."

내가 당황한 모습이 재미있었는지, 토리고에가 입가에 손을 대고는 어깨를 들썩였다.

"남자애 운동복을 여자애가 입어도 그렇게까지 이상하지 않다는 건 알고 있었어. 다른 반에 있는 남자친구의 운동복을 입는 여자애도 있으니까."

하긴, 그런 여자애도 있긴 하지.

"저기……, 그럼 내가 운동복을 빌려주면 그런 경우가 되는 거 아니야?"

화악, 토리고에의 얼굴이 단숨에 새빨개졌다.

"그, 그거언…………. ───그, 그런 경우는 안 될 거야. 안 되지, 안 돼."

"사람들이 이상하게 착각할 거라고."

"차, 착각해도 상관없잖아."

"어째서."

토리고에는 겨우 알아들을 수 있을 만큼 작은 목소리로 말했다.

"나는……, 곤란하지 않으, 니까."

토리고에는 저지를 벗기지 못하게 하려는 듯이 가슴 쪽을 꼭 잡고 교실로 돌아가려 했다.

그렇게 억지로 벗기진 않는다고.

뒤에서 쫓아가면서 알게 되었는데, 토리고에는 귀까지 빨개진 상태였다.

"타, 타카모리 군의 운동복을 빌려버렸네."

"어쩔 수 없이 빌려준 거거든? 나도 친구가 없는 사람의 심정을 잘 아니까."

"역시 타카모리 군의 냄새가."

"안 난다고. 한 번도 안 입은 건데. 냄새가 난다고 해도 '우리 집 빨래 냄새'라니까?"

내 냄새라니, 어떤 냄새인데?

후다닥, 도망치듯이 앞서가는 토리고에. 나는 그녀가 운동복

냄새를 맡을 때마다 일일이 정정과 부정을 반복하고 있었다.

그렇게 이야기를 주고받는 토리고에는 왠지 즐거워 보였다.

방과 후. 나는 병문안을 하기 위해 후시미네 집에 왔다.

맞이해준 할머니의 이야기에 따르면 지금은 열도 진정되었다는 모양이었다.

나는 수업 때 나누어준 과제용 프린트를 가지고 왔을 뿐이었기에 그걸 주고 돌아갈까 생각했지만, 지금이라면 괜찮을 거라는 말을 듣고 들어가기로 했다.

"후시미~? 깨어있어?"

"료, 군?!"

이상한 목소리가 들린 다음, 우당탕탕 방 안이 소란스러워졌다.

"잠깐만, 잠깐만, 금방 열 테니까아~!"

그렇게 말했기에 5분 정도 기다리자 그제야 후시미가 들어와도 된다고 허락해주었다.

"기운이 넘치는 모양이네―――……."

좀 전에 우당탕탕 울린 소리와 목소리로 보아 몸져누운 느낌은 아니었는데, 안을 들여다보니 후시미가 침대에 누워 있었다.

"……괜찮아?"

"괜찮지 않을지도 몰라."

그녀는 곤란한 듯한 표정으로 나를 힐끔 보고는 콜록콜록, 기침했다.

보아하니 간단히 청소를 했던 것 같다. 감기에 걸렸으니 그런 건 신경 쓰지 않아도 되는데.

공부용 책장 밑에서 끄집어낸 의자를 침대 옆으로 가지고 가서 앉았다.

"수학 과제가 나왔으니까 책상 위에 올려놓을게."

"……응."

이불 밖으로 고개를 살짝 내민 후시미가 평소보다 힘없이 대답했다.

"시이는?"

"시이는 도서 위원 당번인 모양이라 끝난 다음에 온대. 내일은 학교에 올 수 있을 것 같아?"

"못 가……, 이제, 못 가요."

후시미는 나를 올려다보며 고개를 저었다.

"춥디추워서……, 죽어버릴지도 몰라."

그녀가 호들갑을 떨면서 그렇게 말하고는 내게서 돌아누우며 등을 보였다.

"안 죽는다고. 추우면 히터 가지고 올까?"

살랑살랑, 머리카락이 흔들렸다. 고개를 저은 것 같았다.

"들어와……, 이불."

"응?"

못 들어서 되물은 건 아니다. 진심인지를 확인하려 하고 있자니 후시미가 이불을 움직여서 들어오기 편하게끔 공간을 만들었다.

"진심이야?"

"진심이야. 그럼 따뜻해질 테니까."

마나도 감기에 걸렸을 때는 응석을 부렸다는 게 생각났다.

내가 들어가봤자 따뜻해질지는 알 수가 없다. 머리를 긁으면서 곤란해하다가 각오를 다지고는 실례하기로 했다.

"그럼……, 잠깐만이다."

"응."

목소리가 엄청나게 건강한 것 같은 게 신경 쓰이지만, 환자가 하는 말 정도는 들어줘야지.

나는 교복 차림 그대로 이불 안에 들어갔다. 좀 전까지 후시미가 누워 있던 그곳에는 체온과 냄새가 있었다.

이상한 상상이 일제히 머릿속에 퍼져나갔지만, 밀쳐냈다.

"료 군?"

"왜?"

"아무것도 아니야."

우후후, 후시미는 그렇게 즐거운 듯이 한숨 같은 웃음소리를 냈다.

이 녀석, 역시 이제 건강해진 거 아닌가?

"쓰담쓰담해줘."

"……."

나는 후시미가 말하는 대로 해주기로 하고 그녀의 머리를 쓰다듬었다. 머리카락 촉감이 참 매끈하다.

"착하다, 착해."

"후후……, 후후. 그럼, 이번에는———."

말만 하면 내가 뭐든지 해줄 거라고 생각하는 것 같은데?

"이상한 건 안 해."

"이상한 거 아니니까 괜찮아."

후시미가 생각에 잠긴 동안, 머리맡에서 문고본을 발견했다. 아마 몸 상태가 좋아져서 시간을 때우려고 읽고 있었던 것 같다.

"후시미, 뭘 읽고 있었어?"

"흐에?"

문고본을 들고, 끼워져 있던 커버를 벗기자 표지가 보였다.

『무뚝뚝한 내 소꿉친구가 쌀쌀맞은 건에 대하여.』

미남이 미소녀의 턱을 꾹 치켜올리는 일러스트.

황홀해하는 여자는 옷이 약간 벗겨지려 하고 있었다.

보아하니……, 야한 거구나?

"으앗, 잠깐, 안 돼! 왜 멋대로 보는 거야."

휙, 문고본을 금방 뺏겨버렸다.

"아니, 아니, 아니, 아니———. 저기, 이건 아니야!"

엄청나게 당황하고 있다.

라이트노벨 같은 건가 싶었는데, 반응을 보니 그게 아니었던 모양이다.

후시미는 내게서 도망치듯이 침대 밖으로 나가서는 문고본을 뒤로 숨겼다.

"어떤 의미로는 문학이니까."

얼굴을 빨갛게 물들인 후시미가 딱 잘라 말했다.

"어떤 의미로는 그렇다는 건, 내용이 문학은 아닌가 보네."

위아래로 맞춰 입은 파자마는 흐트러져 있었고, 제일 위쪽 단

추가 풀려서 가슴 쪽이 꽤 많이 드러났다. 저렇게 살이 드러나 있는데 아무것도 안 보이네. 누워있을 때는, 안 차는, 건가?

"후시미 양, 19금에 손대는 건 바람직하지 못한 것 같은데요."

"그, 그런 거 아니라고! 순애 러브 로맨스니까……, 그, 그 연장선상에, 조금……, 그런 장면도 있긴 하지만……."

후시미는 말을 더듬으며 부끄러운 듯이 눈을 피했다.

"그런 것도, 읽으시는군요오."

"따스한 눈으로 바라보지 마."

"재미있었어? 마음에 드는 장면 같은 것도 있고?"

"물어보지 마~."

놀리는 건 이 정도만 하자.

후시미, 역시 건강하네.

"내용이 내가 생각했던 것보다 과격해서……, 정신이 번쩍 들어버렸거든……."

그래서 눈을 반짝였다는 거구나.

"무슨 말을 하게 만드는 거야. 료 군은 심술쟁이구나."

뿌우, 후시미가 볼을 부풀리고는 다시 침대 안으로 돌아오려 했다.

"아니, 나는 그런 것까지 물어보지———."

계단을 올라오는 발소리가 들렸고, 방으로 다가왔기에 나는 급하게 침대에서 나와 의자에 앉았다. 누가 왔나 싶었는데 할머니가 차를 끓여다 준 모양이었다.

"괘, 괜찮아. 차는."

후시미가 그렇게 말하며 곧바로 쫓아냈다.

뭐, 오래 있어도 좀 그렇지.

나는 슬슬 돌아가기로 하고 일어섰다.

"가버리는 거야?"

"응. 내일 보자."

쓸쓸한 듯이 힘없는 표정을 지은 후시미에게 손을 흔들며 방을 나섰다. 할머니에게 가볍게 인사를 하고 나서 후시미네 집을 나섰다.

예전에도 비슷한 상황이 몇 번 있긴 했는데, 후시미는 대체 무슨 생각일까──.

내가 후시미에게서 받는 특별한 느낌을 후시미도 내게서 느끼고 있다면⋯⋯.

특별한 느낌? 나한테 그런 걸 느끼진 않겠지.

소꿉친구고, 예전에 같이 목욕을 하거나 같은 이불을 덮고 자기도 했으니까, 그거랑 똑같은 감각일 거다.

집에 가던 도중에 토리고에와 마주쳤다.

"병문안 하고 가는 길이야?"

"응. 의외로 건강했으니까 내일은 아마 학교에 올 것 같던데."

"그렇구나. 다행이야. ⋯⋯⋯⋯⋯누워있는 히이나에게 이상한 짓을 하진 않았고?"

"안 했어!"

그렇긴 하겠지, 라며 토리고에는 납득해 버렸다.

"⋯⋯그래. 타카모리 군은 그런 걸 아마 안 할 거라고 해야 하나, 못할 것 같아.”

못할 것 같다고 하면 내가 너무 한심해 보이는데…….

틀린 말은 아니겠지만, 새삼 그런 말을 직구로 들으니 왠지 풀죽는다.

“토리고에가 올지 여부도 물어봤으니까 가면 기뻐할 거야.”

“그렇다면 좋겠는데.”

토리고에는 그렇게 말하고 후시미네 집으로 걸어갔다.

어라? 뭔가 우리 집 쪽에서 온 것 같던데, 길을 잘못 든 건가?

고개를 갸웃거리며 집에 가자 먼저 와 있던 마나가 곧바로 ‘다녀왔습니다’라는 인사를 재촉했다.

교복 차림 그대로 소파에 앉아있던 마나는 나를 발끝으로 건드렸다.

“……다녀왔습니다.”

“어서 와. 오빠야, 인사는 사람의 기본이니까.”

“갸루 주제에 정론을 따지지 말라고.”

이런, 이런 하며 나는 소파 끄트머리에 앉았다. 마나가 곧바로 내 허벅지 위에 다리를 얹었다.

“이놈.”

“이히히.”

죽을 만큼 짧은 치마 때문에 보일 것 같다고.

“시즈가 말이야, 좀 전에 집에 왔어. 오빠야가 무슨 짓 저지른 거야?”

“아까 만났어. 그런 짓 한 적 없는데. 토리고에가 왜 우리 집에

온 거지?”

마나랑 사이도 좋으니까 후시미네 집에 갈 겸해서 얼굴을 보러 온 건가?

“오빠야가 어렸을 때 어떤 애였냐고 물어보던데.”

“내가 어렸을 때? 그런 걸 물어봐서 어쩌려는 거지?”

의아해하며 한쪽 눈썹을 치켜올리자 마나도 휴대폰을 보며 고개를 갸웃거렸다.

“글쎄~?”

“뭐라고 대답했는데?”

“내가 알고 있는 한, 오빠야는 예전부터 자상하고 멋진 오빠였다고.”

“그런 거짓말을 한 거야?”

“내가 그렇게 생각한 건 진짜니까.”

마나는 쑥스러운 듯이 그렇게 말하고는 일어서서 부엌 쪽으로 가버렸다.

내 예전 이야기라면 나한테 물어봐도 될 텐데.

뭐, 그냥 호기심이었겠지.

◆토리고에 시즈카◆

“편의점 푸딩인데, 먹을 수 있어?”

“당근.”

침대에 누워있던 히이나가 벌떡 일어났다.

타카모리 군이 말했던 것처럼 이제 건강해진 것 같았다.

포장을 뜯고 편의점에서 받은 스푼으로 떠서 입에 가져갔다.

"맛있네. 단맛이 몸에 스며들어……."

"호들갑 떨기는."

내가 먹을 것도 사 왔기에 나도 한 입 먹었다.

"히이나는 감기에 안 걸릴 것 같은 느낌이라서 놀랐어."

"시이, 나도 걸릴 때는 걸리거든~? 나를 대체 뭘로 보는 거야."

불만스러운 표정을 지은 히이나. 진짜로 불만을 품은 건 아니라는 걸 잘 알 수 있었다.

좀 전에 타카모리 군이 왔을 때 이야기가 나왔고, 보아하니 읽던 책의 내용을 들킨 모양이었다.

제목을 들은 나는 웃어버렸다.

"완전히 야한 거잖아, 그 작품."

"그, 그렇게까지 야한 건 아니라고. 순애 로맨스니까."

"장르를 따지면 그렇겠지. 장르를 따지면."

출판사의 이름을 듣고 더더욱 그럴 거라 확신했다. 히이나도 의외로 밝히는 건지도 모르겠다. 읽으면서 타카모리 군을 상상하며 끙끙댄 거 아닐까.

"타카모리 군은 깜짝 놀랐을 거야. 소꿉친구가 어느새 야설을 읽게 되어버렸으니까."

"군이 말하지 않아도 된다고."

흥, 하며 화난 듯이 고개를 돌리는 히이나. 여자인 나조차 그 몸짓과 파자마 차림을 귀엽게 느껴버린다. 타카모리 군이 이런 히이나를 보고도 전혀 손을 대지 않는 건 역시 이상한 것 아닐까 하는 생각이 들어버린다. 히이나와 마찬가지로 성에 대한 지식이 어느 정도 있고 성욕도 있는데.

『어? 오빠야? 음, 멋있었어. 자상했고. 내가 울고 있으면 금방 '마나, 괜찮아~?'라면서 달려와 주고. 우후후.』

브라콘인 마나마나에게 물어봤는데도 타카모리 군의 정보는 별로 얻어내지 못했다. 그 여동생도 나름대로 오빠의 응석을 너무 받아주는 것 아닌가 하는 생각이 가끔 든다. 오빠도 마찬가지지만.

이렇게 타카모리 군에 대해 알려고 하는 이유는 단순한 호기심 때문이 아니다. 히메지가 말했던 것에 대해 확인하고 싶기 때문이다.

"타카모리 군은 예전부터 그런 느낌이었어?"

"료 군? 응, 뭐, 그런 느낌이려나. 중학교에 입학한 뒤로는 쿨한 척하게 되었지만 말이지."

소꿉친구는 거리가 가까운 만큼 가족 같은 느낌이지만, 거리감을 그대로 유지하면 반 친구들이 놀릴 테니 그런 걸 싫어하는 심정은 조금 이해된다.

"초등학생이나 유치원생 때는?"

"욕심이 많네~."

히이나는 놀리는 듯한 말투로 그렇게 말하며 싱글싱글 웃었다.

"아니, 그런 의미로 물어보는 게 아니라."

"그런 의미라니, 어떤 의미인데~?"

"아, 정말. 귀찮아."

히이나는 쿡쿡 웃으며 침대에서 일어섰다.

"마실 거 내줄게. 커피하고 차, 어떤 게 좋아?"

"미안해. 어느 쪽이든 상관없어."

"네에~."

성큼성큼, 히이나가 방에서 나갔다. 완전히 건강해진 것 같다. 나를 놀리려 할 정도로는 기분도 좋아 보인다. 보아하니 타카모리 군이 왔을 때 뭔가 있었구나?

……키스를 했다든지.

상상만으로도 답답해지니 무슨 일이 있었는지는 생각하지 말아야겠다.

히이나가 금방 돌아올 낌새는 없다. 나는 미안하다고 생각하면서도 공부용 책상의 책장에 있던 낡은 노트를 끄집어냈다.

왔을 때부터 이게 신경 쓰였다.

교과서나 노트가 잘 정리되어 있는 와중에 이 한 권만 표지가 묘하게 낡았다. 나는 히이나가 예전부터 쓰던 일기가 아닐까, 그렇게 짐작했다.

팔랑팔랑 넘겨보니 낡은 책 특유의 먼지 냄새가 났다. 일기라는 짐작은 맞았지만 우리가 태어나기 이전 날짜라서, 꽤 오래된 물건이었다.

훑어보니 그게 히이나의 어머니 것이라는 사실을 알 수 있었다.

어째서 이런 걸 가지고 있는 걸까.

최신 부분부터 거슬러 올라가 보니 타카모리 가문의 이야기가 일기에 드문드문 등장했다. 두 집안의 관계나 일기 주인이 느낀 타카모리 부부, 그 집안의 아들인 '료 군'에 대해서도 적혀 있었다.

취미가 독서가 아니었다면 이렇게까지 빠르게 정보를 흡수하진 못했을 것이다.

"⋯⋯."

나는 발소리를 느끼고 급하게 노트를 원래 있던 곳에 돌려놓았다.

"커피로 했어."

"응. 고마워."

돌아온 히이나가 침대에 앉고, 나는 나와 있던 의자에 앉았다.

히이나와 잡담을 나누는 건 즐거웠지만 나는 다른 곳에 정신이 팔려서 대화에 집중하지 못하고 있었다.

저 일기가 저기 있는 걸 보니 히이나는 분명히 저걸 읽었을 텐데———.

대충 읽어본 결과, 히메지가 생각했던 이유가 전혀 엉뚱한 이야기는 아니었던 듯하다.

히메지는 도서실에서 이렇게 말했다.

'료가 그렇게 된 건, 예전에 히나에게 심하게 배신당했기 때문이라고 기억해요. 여성 불신이라고 해야 할까요. 그래서 연애에 대해 무의식적으로 피하려고 한다고 해야 하나, 파고들지 않으려는 것 같아요⋯⋯.'

히메지는 원인이 히이나에게 있다고 말했지만, 그 아시하라 사토미의 일기에는 감춰진 사실이 적혀 있었다.

일기의 필자는 어린 딸과 사이좋게 지내던 어린 남자애에게 이렇게 말했다고 한다.

'히나는 사실 너를 좋아하지 않아.'

일기 주인은 그 사실을 돌아보며 '어린애에게 그렇게 대하다니, 미안해'라고 사과하는 말을 적어두었다.

그 일로 무슨 일이 생길 때마다 타카모리 군의 마음속에서 무의식적으로 트라우마가 발동되고 있다면 납득은 된다.

그야말로 원념이자 주박…….

그게 여자애로서 의식하고 있는 나나 히메지는 물론이고, 히이나 본인에게는 더욱 강하게 나타나고 있는 것 아닐까. 그렇다면 둔감하던 그 모습도 이해가 안 되는 건 아니다.

아니, 료 군은 오히려 민감하다.

그런 분위기를 느끼면 무의식적으로 피하고 있다고 말할 수도 있다———.

타카모리, 후시미, 두 집안의 소꿉친구는 행복해질 수 없는 운명인 걸까.

타카모리 군이 히이나와 사귀게 된다 해도, 그걸 자각하지 못하면 둘 다 행복해지지 못하는 것 아닐까.

나는 적당히 시간을 보내다 후시미네 집을 나섰고, 역으로 가던 도중에 전화를 걸었다.

『여보세요?』

의아해하는 듯한 히메지의 목소리가 들렸다.

"미안. 연습 중일 텐데."

『아뇨. 지금은 대기 시간이라서요. 무슨 일이시죠?』

"보류해두었던 그 이야기 말인데."

히메지는 감이 딱 왔는지, 내가 말하기를 기다렸다.

"응. 그래. 손을 잡자."

후기

안녕하세요. 켄노지입니다.

갑작스러운 이야기지만, 작년 11월쯤부터 일찍 일어나기 시작했습니다. 이 책이 나올 때는 그만두었을지도 모르겠습니다만, 아무튼 동계 올림픽이 개최되고 있는 지금은 계속 일찍 일어나고 있습니다.

날짜가 바뀌기 전에 자고, 아침에는 7시 반쯤에 일어나고 있는데, 아니, 그게 일찍 일어나는 건가? 그렇게 생각하시는 분도 계시겠지만, 예전에는 대학생처럼 새벽 2, 3시쯤 자서 오전에 일어나던 제가 보기에는 일찍 일어나는 거라고 할 수 있겠죠.

어째서 갑자기 그러기 시작했는가 하면, YouTube 같은 곳에서 성공하는 사람은 일찍 일어난다는 동영상을 보았기 때문입니다. 단순하죠. 괜찮겠다 싶은 걸 곧바로 행동에 옮길 수 있는 것은 켄노지의 몇 안 되는 장점 중 하나가 아닐까 생각합니다.

늦게 자는 원인은 동영상 시청이나 게임, 만화나 독서였거든요. 일찍 자게 되니까 그걸 딱히 새벽에 할 필요는 없지 않나? 그리고 밤에 할 이유가 없지 않나? 이렇게 생각하게 되었습니다. 오전에 일어나는 것보다 아침에 일어나는 게 기분도 좋고 일도 시작하기 편하기 때문에 지금까지 계속 할 수 있었던 것 같습니다.

크리에이터———라고 스스로 말하는 건 매우 껄끄럽긴 합니다만———라는 생물은 멘탈이 중요하기 때문에 기분이 좋다는 건 매우 중요합니다.

자, 화제를 바꿔서, 시리즈가 6권까지 왔습니다.

제 작품 중에서도 6권 이상 낼 수 있었던 건 이 작품을 포함해서 세 작품밖에 없습니다. 이세계 판타지가 아니라 러브 코미디로 여기까지 계속해 올 수 있어서 매우 기쁩니다. 10권을 목표로 앞으로도 열심히 해나가고 싶습니다.

여기까지 함께 해주신 독자 여러분, 마지막까지 함께 해주시면 기쁠 것 같습니다.

켄노지

역자 후기

안녕하세요, 천선필입니다.

『성추행당할 뻔한 S급 미소녀를 구해주고 보니 옆자리 소꿉친구였다』6권, 재미있게 읽으셨는지 모르겠습니다.

이번 6권은 독립 영화에서 이어진 히나의 갑질 피해로 인한 마음고생 이야기와 다른 히로인들의 반격, 그렇게 2단 구성이었던 느낌이 듭니다. 거기에 하렘물 주인공의 기본 덕목인 둔감에 대한 다른 각도에서의 접근 시도가 느껴지는 떡밥 같은 요소도 가미하면서 다음 권을 궁금하게 만들었다는 생각도 드네요. 예전에는 하렘물의 주인공 같은 경우 메인 히로인 말고도 다른 히로인들에게 어느 정도 가능성을 열어주기 위해 둔감이라는 속성을 부여하는 경우가 많았는데 이 작품은 진짜 이유를 따로 숨겨두었던 것 같습니다.

그나저나 시노하라는 이제 주인공 쟁탈전에서 완전히 밀려났고, 컬러 페이지를 보니 여동생인 마나에게도 밀리는 듯한 느낌입니다. 컬러 페이지에도 등장하지 않으니까요. 개인적으로는 주인공의 연애 기피 성향이 시노하라라는 캐릭터에게 있어서 비중이 줄어든 게 아닐까 하는 생각도 들었습니다만, 전개되는 내용으로 보아 단순히 패배해서 뒤처져버린 듯한 느낌이네요. 이렇게 중도 이탈하는 캐릭터를 보면 작품의 군더더기로 작용하는 것 같기도 해서 아쉽다는 생각도 해봅니다. 여동생인 마나는 주인공의 연애 대상이 아닌 것 같기에 더더욱 그렇고요.

　이 후기를 쓰고 있는 시점에서는 이미 이 작품이 8권으로 완결되었습니다. 나머지 두 권에서 주인공의 과거는 어떻게 풀어나갈 것인지, 그리고 히로인 중 최후의 승자는 누가 될 것인지 궁금하네요. 개인적으로는 토리고에가 제 취향이라 응원해주고 싶은 마음도 있긴 합니다.

　이런 생각을 하면서 이번 『성추행당할 뻔한 S급 미소녀를 구해주고 보니 옆자리 소꿉친구였다』 6권을 번역하였습니다. 매번 그랬듯이 감사의 말씀 드리고 후기를 마치려 합니다.
　항상 신경을 많이 써주시는 담당 편집자분, 그리고 책을 내는 데 도움을 많이 주신 소미미디어 관계자 여러분, 그리고 가족 여러분. 감사합니다.
　그 누구보다 감사드리고 싶은 분은 독자 여러분입니다. 제가 이렇게 무사히 번역을 마치고 후기를 쓸 수 있는 것도 독자 여러분 덕분이라 생각합니다. 진심으로 감사드립니다.

　다시 찾아뵙게 될 때까지 행복한 하루 보내시길 바랍니다.
　감사합니다.

CHIKAN SARESO NI NATTEIRU S-KYU BISHOJO WO TASUKETARA TONARI NO SEKI NO
OSANANAJIMI DATTA 6
Copyright © 2022 Kennoji
Illustrations copyright © 2022 Fly
Original Japanese edition published in 2022 by SB Creative Corp.
Korean translation rights arranged with SB Creative Corp., Tokyo
through Japan UNI Agency, Inc., Tokyo

성추행당할 뻔한 S급 미소녀를 구해주고 보니 옆자리 소꿉친구였다 6

2023년 9월 15일 1판 1쇄 발행

저 자	켄노지	
일러스트	플라이	
옮 긴 이	천선필	
발 행 인	유재옥	
본 부 장	조병권	
담당편집	박치우	
편집 1팀	김준규 김혜연	
편집 2팀	정영길 조찬희 박치우 정지원	
편집 3팀	오준영 이해빈 이소의	
편집 4팀	전태영 박소연 윤희진	
디 자 인	김보라 박민솔	
라 이 츠	김정미 맹미영 이윤서	
디 지 털	박상섭 김지연	
발 행 처	(주)소미미디어	
인쇄제작처	코리아피앤피	
등 록	제2015-000008호	
주 소	서울시 마포구 토정로 222, 403호(신수동, 한국출판콘텐츠센터)	
판 매	(주)소미미디어	
영 업	박종욱	
마 케 팅	최정연 최원석 박수진	
물 류	허석용	
전 화	(02)567-3388, Fax (02)322-7665	

ISBN 979-11-384-7999-8
ISBN 979-11-384-0195-1 (세트)